文春文庫

弓張ノ月

居眠り磐音（四十六）決定版

佐伯泰英

文藝春秋

目次

「居眠り磐音」主な登場人物

坂崎磐音（さかざきいわね）
元豊後関前藩士の浪人。直心影流の達人。師である養父・佐々木玲圓の死後、江戸郊外の小梅村に尚武館坂崎道場を再興した。

おこん
磐音の妻。磐音が暮らした長屋の大家・金兵衛の娘。今津屋の奥向き女中だった。磐音の嫡男・空也（くうや）と娘の睦月（むつき）を生す。

今津屋吉右衛門（いまづやきちえもん）
両国西広小路の両替商の主人。お佐紀（さき）と再婚、一太郎らが生まれた。

由蔵（よしぞう）
今津屋の老分番頭。

佐々木玲圓（ささきれいえん）
磐音の義父。内儀のおえいとともに自裁。

速水左近（はやみさこん）
幕府奏者番。佐々木玲圓の剣友。おこんの養父。

松平辰平（まつだいらたつぺい）
佐々木道場からの住み込み門弟。父は旗本・松平喜内（きない）。

重富利次郎（しげとみとしじろう）
佐々木道場からの住み込み門弟。土佐高知藩山内家の家臣。

霧子　雑賀衆の女忍び。尚武館道場に身を寄せる。

弥助　磐音に仕える密偵。元公儀御庭番衆。

小田平助　槍折れの達人。尚武館道場の客分として長屋に住む。

品川柳次郎　北割下水の拝領屋敷に住む貧乏御家人。母は幾代。お有を妻に迎えた。

竹村武左衛門　陸奥磐城平藩下屋敷の門番。妻は勢津。早苗など四人の子がいる。

笹塚孫一　南町奉行所の年番方与力。

中居半蔵　豊後関前藩の江戸藩邸の留守居役兼用人。

徳川家基　将軍家の世嗣。西の丸の主。十八歳で死去。

小林奈緒　磐音の幼馴染みで許婚だった。小林家廃絶後、江戸・吉原で花魁・白鶴となる。前田屋内蔵助に落籍され、山形へと旅立った。

坂崎正睦　磐音の実父。豊後関前藩の藩主福坂実高のもと、国家老を務める。

田沼意次　幕府老中。嫡男・意知は若年寄を務める。

『居眠り磐音』江戸地図

新吉原
尚武館坂崎道場
山谷堀
東叡山 寛永寺
忍ケ岡
上野
不忍池
下谷広小路
下谷車坂町
新寺町通り
浅草
竹屋ノ渡し
待乳山
聖天社
向島
三囲稲荷
浅草寺
花川戸町
今戸橋
田原町
新堀川
常泉寺
小梅村
源森川
吾妻橋
安藤家
下屋敷
業平橋
御厩河岸ノ渡し
品川家
首尾の松
十間川
北割下水
今津屋
吉岡町
本所
法恩寺橋
和泉橋
天神橋
新シ橋
柳原土手
浅草御門
両国橋
石原橋
南割下水
入江町
横川
金的銀的
小伝馬町
薬研堀
回向院
松井橋
竪川
浮世小路
鰻処宮戸川
大川
六間堀
若狭屋
魚河岸
猿子橋
新高橋
日本橋川
箱崎河岸
新大橋
小名木川
日本橋
鎧ノ渡し
万年橋
霊巌寺
深川
砂村新田
永久橋
亀島橋
金兵衛長屋
楓川
八丁堀
霊岸島
佐賀町
永代橋
仙台堀
永代寺
鉄砲洲
富岡八幡宮
越中島
堺橋
佃島

護国寺
面影橋
中山道
日光御成街道
小石川
伝通院
本郷
下谷茅町
石切橋
牛込
豊後関前藩上屋敷
湯島天神
水道橋
神田川
神田明神
牛込御門
稲荷小路
表猿楽町
駿河台
元 尚武館佐々木道場
筋違橋御門
昌平橋
田安御門
神保小路
市谷八幡宮
九段坂
俎橋
雉子橋
内藤新宿
四谷大木戸
市谷御門
一橋御門
千鳥ヶ淵
鎌倉河岸
善国寺谷通
麹町
江戸城
本丸
神田橋
四谷
四谷御門
大手御門
半蔵御門
一石橋
道灌堀
西の丸
紀尾井坂
平川天満宮
和田倉御門
呉服町
赤坂御門
馬場先御門
鍛冶橋御門
南町奉行所
京橋
三十間堀
数寄屋橋御門
清水谷
溜池
木挽橋
氷川明神
原宿
芝口橋
木挽町
愛宕権現
長谷寺
宝泉寺
増上寺
芝
麻布広尾町
麻布村
赤羽橋

弓張ノ月

居眠り磐音（四十六）決定版

第一章　行動の刻

一

　天明四年（一七八四）弥生二十四日七つ（午前四時）前、小梅村の直心影流尚武館坂崎道場は、いつもの夜明けを迎えていた。

　磐音は珍しく湯殿に向かい、手桶を使って湯船の水を何杯もかぶり、身を浄めた。

　死に場所と勝負相手を探し求めていた同門の老武芸者河股新三郎と佐々木家の隠し墓所で立ち合い、そこでまた一つ身に纏った、

「死」

を消し去ろうとしてのことではない。

武芸者坂崎磐音にとって真剣勝負は不可避であった。佐々木玲圓の後継にして亡き西の丸家基の剣術指南の武名は、今や江都に知れ渡っていた。

なぜふだんとは異なる行為をなしたか。

昨夜、弥助が戻ってきて磐音に報告した。

神田橋の老中田沼意次邸も、北八丁堀の松平定信邸も寝静まり、

「異変」

が起きる様子はないというのだ。

「ただ今、麴町の佐野善左衛門邸は霧子が見張っております。わっしはこれで失礼します」

報告を終えた弥助が辞去しようとするのを引き止め、酒の相手を求めた。

半刻（一時間）余りの二人だけの酒席に格別意味があったわけではない。ただ武芸者の、密偵の勘がなにかが起こることを察知していた。磐音は語らう相手を求め、弥助もそれに応じたのかもしれなかった。

ために、いつもより床に就くのが遅れたが、磐音はいつもどおりに眼を覚まし、水風呂を使った。

おこんが黙って着替えを脱衣場に置いて去った。

磐音は道場に向かう前に、庭で包平を抜き打つ動作をふだんよりもゆっくりと百度繰り返した。

もはや昨日の戦いの高揚もいささかの後悔も脳裏には残っていなかった。

いつもどおりの日を重ねる、その心持ちで道場に向かった。すでに道場では住み込み門弟衆の稽古が始まっていた。

珍しく早朝から佐々木道場以来の師範依田鐘四郎の姿があった。

「師範、お相手を願います」

「畏まって候」

鐘四郎がすぐさま磐音の願いに応じた。

鐘四郎と磐音、これまでどれほどの時間、稽古に費やしてきたであろう。もはや想像もできない月日を二人は切磋琢磨してきていた。

二人は静かに正眼に構え合い、しばし互いの眼を見合ったあと、ゆるやかに間合いを詰め、木刀を振るった。

阿吽の呼吸での互いの動きは古道直心影流のかたちをなぞるもので、一つの動き、一つのかたちがきっちりと決まって、ために厳かな時と空間を醸し出した。

静かなる、淀みなき動きの中に剣術の真実、

「間と律動とかたち」

が凝縮されていた。

磐音が主導し、鐘四郎がその攻めを受ける動きだった。その神秘と厳粛に満ちた二人の稽古を、住み込み門弟が自らの稽古をやめて、食い入るように凝視していた。

早朝、二人の倅に同行して偶さかその場に居合わせた速水左近が無言の裡に刮目し、

(ここに佐々木玲圓の教えを継承した二人の弟子がおる)

と思った。

静かに始まった打ち合いは静かなうちに動きを止め、互いへの一礼で終わった。

ふうっ
と吐息が道場から起こった。だれも一言も発しない。

磐音と鐘四郎は神棚に向かい、一礼した。

速水がその二人に応じるように、

「眼福にござった」

と礼を述べた。

「亡き養父の稽古を思い出し、なぞってみました」

「なぞったのではなかろう。もはや佐々木玲圓どのの教えを超えて、坂崎磐音のかたちができておる。それに呼応する依田鐘四郎もまた見事であった」

「それがし、なぜあのように動いたか、考えもつきません。ただ若先生の、いえ、もはや尚武館坂崎道場の師にございましたな。磐音先生の動きに従うただけにございます」

「依田鐘四郎どのも伊達に佐々木玲圓どのの教えを受けてきたわけではないことの証であろう。本日は登城日ではないゆえ、倅どもに従うて早起きした甲斐がござった」

　破顔した速水が、

「今朝はこの足で屋敷に戻る」

と言い残して道場から消えた。

松平辰平は茫然としていた。

なぜ今、直心影流の神髄ともいえる技と動きとかたちを、住み込み門弟のいる前で若先生は披露なされたのか、と考えたからだ。

元々磐音は直心影流の奥義を隠そうとはしなかった。乞われれば、だれにでも

知り得るかぎりの技やかたちを披露した。だがそれは、見る側が教える側の境地に立たなければ、

「真に見た、教えを受けた」

とは言えないことを磐音が承知しているからだと思ってきた。それでも乞うた相手に技を披露するのは、動きの一瞬、かたちの断片から、

「伝えんとする技の心得が伝わる」

と察してのことだと思ってきた。

佐々木玲圓は全く違う教え方であった。

玲圓のそれは、とある高みに、境地に達した者にのみ、稽古の間にそれとなく伝えることで窺えた。教えを受けた相手が玲圓の意図を汲み取らず、単に指導の一環として終わってしまうことも多々あった。となると玲圓は二度とその指導を繰り返すことはなかった。

坂崎磐音が佐々木玲圓の教えから脱したのは、三年半の流浪の旅にあったと辰平は考えていた。

久しぶりに内八葉外八葉にある隠れ里姥捨の郷にて再会した磐音の剣風が、より自在でより独創性を得たと辰平は感じたことがあった。

磐音が、玲圓を超越しよう、独創の剣を確立しようとした結果でないことも、辰平には分かっていた。玲圓の教えの先に磐音は、

「独自の解釈」

を自然に身につけたのだ。

それは後々考えるに、雑賀衆の隠れ里、仏教の聖地の一つ高野山を囲む内八葉外八葉の、壮大にして自然の道場が知らず知らず磐音に示唆したことではないか、と辰平は漠と思ってきた。

それでも坂崎磐音が佐々木玲圓を超えたなどとは考えたことはなかった。

だが、ただ今の坂崎磐音と依田鐘四郎の立ち合いを見て、若先生は玲圓先生を超えたのではない、確かなる己の道を歩いておられるのだと、気付かされた。

重富利次郎もまた衝撃に打ちのめされていた。

神保小路の直心影流佐々木道場に入門して、棒振り程度の稽古から八年余の歳月が過ぎ、辰平という好敵手を得て、歳月以上の濃密な稽古を積むことができた。さらにその佐々木道場の消滅と磐音一家の転変によってもたらされた修羅場を、ともに潜らねばならなかった運命が、辰平と利次郎の剣に、

「進歩と成長」

を授けてくれたと思ってきた。

師匠たる磐音に従って江戸に帰着し、小梅村に修行の場、直心影流尚武館坂崎道場を得て、再び江都に、

「坂崎磐音ここにあり」

と知らしめる出来事を見聞し、体験してきた利次郎自身にもどこか、

「安住する気持ち」

が芽生えていた。霧子との二世の契りと、豊後関前藩への仕官話が影響していたのかもしれない。

磐音と鐘四郎の立ち合いは木刀で頭を、
ガツン
と強打された以上の驚愕を利次郎に与えた。

「剣術の奥義」

は底知れぬことを、二人の直心影流の先達が無言裡に教え諭したのだ。

「ふうっ」

と大きな息を吐いた利次郎に辰平が、

「利次郎、手伝うてくれぬか」

と声をかけた。

「なにをするのだ」

「先生と師範の立ち合いを見せられたばかりで、己の心が動揺して稽古にならぬ。『尚武館改築祝い　大名諸家対抗戦』に出るうちの面々に稽古をつけて、ざわつく心を鎮めようと思うてな」

「それはよい考えじゃ。それがしも若先生方の立ち合いには正直背筋を雷にでも打たれたような気がしてな、最前からなにも考えられぬ」

利次郎も応じた。

「尚武館改築祝い　大名諸家対抗戦」への申し込みはすでに三十七家に達していた。大身(たいしん)旗本からの申し込みもあるかと思われたものの、それがなかったのは、小梅村での剣術試合が「大名諸家対抗戦」と銘打たれたせいだけではなかった。

大名家と直参(じきさん)旗本の違いは、単に家禄(かろく)一万石以上を大名と称し、一万石未満を旗本と呼ぶといった違いだけではなかった。大名は国持ち大名ではなくとも国(くに)表(おもて)があり、参勤下番(かばん)で国表に戻った折りは、

「殿様と家臣」

に戻った。それに反して直参旗本衆は将軍の家臣という矜持(きょうじ)を持ちながらも、

江戸で奉公するうちに、

「官僚役人」

という意識が強まっていた。ために旗本家の家臣も万事穏便に過ごす知恵を身につけ、武士の本分たる武術の稽古はないがしろにされてきた。その結果、腰の刀は細身が流行し、時に脇差だけで外出する者も増えていた。武士の象徴たる刀が、

「腰の飾り」

となったのは当然江戸が早かった。一方、大名家には国境があり、隣国との諍いもあれば、幕府の隠密に対処せねばならないこともあって、武術は未だ武家の嗜みとして受け継がれていた。

幕府開闢以来、大名諸家と直参旗本の二つの制度が百八十年余続いた結果、大名家家臣と旗本の間には歴然とした、

「意識の差」

が現れていたのだ。

尚武館の改築祝いに大名諸家対抗戦と銘打った理由はそこにあった。

数合わせもあって、大名諸家対抗戦には、尚武館坂崎道場からも一組あるいは

二組の参加が当初から考えられていた。

参加資格者は、二十歳以下である。入門した歳月、ふだんの稽古ぶり、技量を考えれば、

「速水杢之助、右近兄弟、設楽小太郎、小野寺元三郎、逸見源造、羽田六平太」

の六人だった。

だれの眼から見ても速水兄弟、設楽小太郎が、他の三人より力量が上であった。

だが利次郎は、元三郎、源造、六平太に、

「そなたら、最初から尚武館から出場する三人が決まっておるなどと考え違いをしておらぬか。若先生の口から出場者三人の名が告げられるまで、だれ一人として決まってはおらぬ。それに対抗戦まで日にちもある。そなたらががむしゃらに稽古をなせば、だれが選ばれるか分からぬのだぞ。ただ今のようにだらだらした稽古を続けておると、この重富利次郎が、足腰立たぬよう叩きのめすぞ」

と叱咤激励したおかげで、三人ばかりか、速水兄弟に小太郎までもが張り切り、尚武館の代表三名への競争が俄然激しさを増していた。

設楽小太郎もまた磬音と鐘四郎の粛然たる演技展開を、過日の辰平と利次郎の真剣勝負のような稽古と重ね合わせ、愕然とした。

剣術の途は果てしない、そのことを先達二組の稽古が小太郎に教えていた。

(それがしはどこを目指せばよいのか)

小太郎の胸の中には迷いさえ生じていた。

そのとき、辰平と利次郎に小太郎ら六人が呼ばれた。

「六平太、坂崎先生と依田師範の稽古はいかがであった」

利次郎が名指しで尋ねた。

「古道直心影流の動きはなかなか雅にございますな。それがしが学んだ信濃小諸流小太刀に相通じるゆったりとした間合いといい、動きといい、感服仕りました」

六平太は過日、霧子に得意の信濃小諸流小太刀で立ち向かったものの失神するまで稽古をつけられ、その慢心ぶりを窘められていた。

「そなたの信濃小諸流は、霧子の雑賀衆の忍び技に叩きのめされたな。あの動きとお二人の動きが通じるというか」

「違いますので」

即座に六平太が反論した。

「源造、そなたはどうじゃ」

源造は御家人徒組七十俵五人扶持の逸見家の嫡男だ。十三、四歳より父の丹次郎から一刀流の基礎を習い、さらに上を目指して尚武館坂崎道場に入門したのだ。

「それがしには坂崎先生と依田師範の立ち合いの意味が理解つきません。いえ、雲の上の人が稽古をなしておられるようで、それがし、考えなど何一つ浮かびません」

「小野寺元三郎、そなたはどうか」

「重富様、それがしも源造と同じく、どう考えてよいのか皆目分かりませぬ。ただ一つ頭に浮かんだことは、剣術の奥義の果てを指し示されたのではないかということです」

「元三郎、それがしもそう思う。われらが目指す途は果てしなく遠い。だが、その無限の果てに至るのもこの一歩からじゃ」

「はい」

「速水杢之助、設楽小太郎、逸見源造は辰平組だ。それがしの組は、速水右近、小野寺元三郎、羽田六平太だ。辰平組の三人はこれより交替で辰平に稽古をつけてもらえ。二本続けて取られたら次なる者と交替せよ。わが組も同じ稽古を行う」

「利次郎さん、稽古はいつ終わるのでございますか」

「六平太、よう訊いた。それぞれ、辰平とこの利次郎からきちんとした一本を取った段階で終わる。辰平を倒すのが先か、おれから一本を奪うのが先か競争じゃ」

「よし」

と六平太が張り切った。

利次郎の命じた組み分けに従い、三人ずつが先鋒、中堅、大将を決めた。その二組が、辰平と利次郎の前に並ぼうとしたとき、利次郎が、

「竹刀は二本ずつ用意せよ」

と新たな命を下した。

「どういうことでございますか」

「六平太、竹刀がささくれては打ち合いになるまい。竹刀交換の折りはこちらから攻めはせぬ」

六人に緊張が走った。

右近と小太郎が道場の壁にかかった予備の竹刀を取りに走った。六平太もいつもの稽古と違うぞ、と顔が険しくなった。

辰平組の一番手は小太郎だった。利次郎を相手にする三人の先鋒は六平太だ。

辰平と利次郎が並んで立ち、二間をおいて六人が三人ずつ間を開けて並んだ。

「参れ」

利次郎が稽古の始めを告げ、六平太と小太郎がそれぞれ、

すいっ

と間合いを詰めた。

一瞬、小太郎は辰平の眼から視線を外さず動きを止め、一呼吸おいた。

一方、六平太は信濃小諸流の小太刀の技を忘れて、一気呵成（いっきかせい）に踏み込み、利次郎の面（めん）を狙（ねら）って竹刀を打ち下ろそうとした。その瞬間、

どすん

と重い打撃が胴に来て、六平太は横手に吹っ飛んでいた。それを見た元三郎が、六平太が立ち上がるのを待たず利次郎に向かって踏み込んでいった。

小太郎は気持ちを鎮めて正面から辰平に立ち向かい、攻めに攻めた。緩（ゆる）めると反撃を食らうのは分かっていた。だから、攻めているうちは反撃なしと、己に言い聞かせ、面、胴、小手と竹刀を変幻させながら、辰平の不動の姿勢を突き崩そうとした。

だが、巌のように聳え立つ辰平はいささかも揺らぐことなく、小太郎の攻めを弾き、受け流した。息が上がったのは攻める小太郎だ。一瞬、攻めに隙が生じたとき、小手にしびれが走って竹刀を取り落としていた。

（不覚なり）

と思ったとき、かたわらから逸見源造が飛び出して辰平に攻めかかっていた。

この日、一対三の稽古は半刻と続かず、終わった。

六人が道場の床に腰砕けになって弾む息を吐いているとき、

「辰平、物足りん。稽古を願おう」

と利次郎が辰平に声をかけた。

二

二十四日未明、霧子は市谷御門内麹町の新番士佐野善左衛門邸に忍び込む決心をした。

一昨日、長い不在を破って主が不意に屋敷に戻った。屋敷内に騒ぎというより、戸惑いの気配が駆け巡った。用人から下男に至るまで右往左往して、主とどう接してよいのか分からない、そんな気配が門内から伝わってきた。帰邸した善左衛門は、一刻（二時間）ほど仏間に籠っていたらしい。

佐野邸に髪結いが呼ばれたのは帰邸した翌日の二十三日、夕暮れ前だった。髪結いが仕事を終えたあと、佐野家の用人らが主のもとへと呼ばれ、何事か告げられた様子があった。それらは髪結いを送り出す通用口で家臣と髪結いが交わした言葉から推測がついた。

昼過ぎから佐野邸を見張っていた霧子は、明らかに、

（なにか異変が生じている）

と思った。

だが、それがなんなのか、確かな把握はできなかった。

どうやら明日登城すると、主が仕度を命じたことだけは推測できた。

長の不在のあと、いきなり登城するという善左衛門に、家臣たちが戸惑い、動揺するのは至極当然と思われた。

直参旗本新番組番士が行方を絶ったのだ。ために佐野家では、組頭に、

「病届け」

を提出してなんとか主の家出を糊塗してきたところだった。

霧子は、神田橋の田沼意次邸を見張る師匠の弥助の指示を仰ぐべきかどうか迷った。佐野邸に忍び込んでよいという許しは得ていなかったため、一晩、外から様子を窺うことにしたのだった。

七つ（午前四時）前、佐野邸が動き出した気配があった。

霧子はこれまで佐野邸を見張ったことが幾たびもあったが、このように早い刻限から慌ただしい気配を感じたことはなかった。

霧子は未明の濃い闇に紛れて塀を越え、屋敷内に忍び込んだ。庭も屋敷内も荒れた様子が窺えた。長年手入れがされていないのだ。闇の中でもその様子が分かった。

生い茂った庭木や庭石伝いに佐野邸に接近し、床下に潜り込むのは容易かった。

霧子はまず台所に向かった。どのような屋敷でも、家臣たちが不平不満を洩らす場所は台所と決まっていた。

女衆の声がいきなりした。

「主様は水風呂じゃそうな。久しぶりの城上がりに身を浄めておられるのでしょうか」

「組頭様から呼び出しが何度も来てるって話じゃないか。城上がりすれば手厳しい叱責が待ってるでしょうに」

「それで身ぎれいにされているのかしら」

慌ただしい足音が廊下にして、

「水風呂から上がられた旦那様がまた仏間に籠られたぞ」

と男の声がした。

「さすがの旦那様も緊張してるようね」

「朝餉に粥を所望じゃ」

「えっ、粥だって。面倒だね」

「そう言うでない。もし鯛の焼き物をなどと命じられてみよ。出入りのお店にはどこも支払いが滞って、鯛など供そうにも無理じゃでな」

霧子は床下を這い、佐野善左衛門が籠るという仏間を目指した。台所から廊下伝いに奥を目指すと、読経の声が伝わってきた。

佐野善左衛門その人だ。

霧子は読経の声がかろうじて聞こえる場所で様子を窺うことにした。

屋敷じゅうが不安とも緊張とも知れぬ異様な空気に包まれていた。これは単なる登城ではない。佐野善左衛門が何事か決行すると思われた。

霧子は確たる証を摑むしかないと考えた。

同刻限、川向こうの深川六間堀の金兵衛宅では、金兵衛がその夜四度目の厠に起きるかどうか、寝床で迷っていた。

この数年、厠に行く回数が頓に増えていた。日中小便を済ませても、すぐにまた厠に行きたくなった。とくに就寝してから三度四度と尿意に眼が覚めるのには困り果てた。

還暦と古希の半ばの齢だ。

亡くなったおのぶから、いつお迎えがきてもおかしくないと覚悟はしていた。だが同時に、独り娘のおこんの子、自身の孫と一日でも一刻でも長くいっしょに過ごしたいという想いもあった。

覚悟と未練の間で、金兵衛の身に起こったのが頻尿だった。

おこんは小梅村でいっしょに暮らそうと言うし、おこんの亭主も同居を勧めてくれた。だが、夜中に何度も厠に立つ気配は、いくら広い家とはいえ、同じ屋根の下に住む者に伝わるものだ。

(独り暮らしのほうが気苦労はない)

金兵衛は迷うたびにそう己に言い聞かせた。

「それがいい」

と呟き、おのぶがこの家で亡くなったように、わしもこの屋根の下で息を引き取ると気持ちを固めて厠に向かった。差配を務めているせいで、厠だけは廊下の突き当たりにあった。

（一々長屋の厠に行かずに済むだけ、極楽だぞ）

と胸中で己に言い聞かせた。

金兵衛は用を足すと雨戸を引き開け、戸袋に仕舞った。

東の空が白んでいた。

小梅村の尚武館では朝稽古の真っ最中だろう。だが、空也も睦月も未だ床の中、訪ねていくにはいくらなんでも早過ぎる。金兵衛は、朝餉の仕度でもするかと思い直した。

長屋の木戸口で人の声がしたのは、金兵衛が寝床を片付け終えたときだ。青物の棒手振りの亀吉と話している若い声に聞き覚えがあった。

金兵衛は、寝間着の上にどてらをひっかけて戸口の心張棒を外し、引き戸を開けた。

「幸吉、朝早くからなんの用だ。まさか宮戸川を首になったんじゃないだろうな」

「金兵衛さん、違うよ。もう幸吉は宮戸川の親方といっしょに焼きをやるほどの腕前だぜ。一人前の鰻職人だ、なあ、幸吉」

と亀吉が金兵衛に応じた。するとにこにこ笑っていた幸吉が、

「亀吉さん、割きは三年、蒸し八年、焼きは一生って言ってね、最後まで修業だよ。おれは、親方が機嫌のいいときに焼かせてもらう程度の腕前、未だ未だ半人前さ」

「鰻を捕まえちゃ、宮戸川に売りに行ってた小生意気な小僧はどこへ行っちまったかねえ。なんだか大人になりやがったよ。なあ、金兵衛さん」

天秤の先に籠を括りつけながら亀吉が言った。亀吉は青物市場に仕入れに行って得意先を回るのだ。そのとき、がらがらと長屋の腰高障子が開き、

「おい、幸吉、なんの用だ。もうこの長屋には浪人さんはいねえぜ」

と言いながら左官の常次が仕事仕度で顔を見せた。すると続いて植木職人の徳三も姿を見せた。折りしも長屋の男たちが働きに行く刻限だった。

江戸の朝は日の出とともに始まるのだ。

「浪人さんがいた時分が懐かしいぜ。今じゃ、どてらの金兵衛さんの婿どのだもんな」

「それもただの婿じゃねえや。御三家の尾張だか紀伊だかの剣術指南にして、尚武館坂崎道場の主だとよ。光陰矢の如し、金兵衛長屋は変わらざること、亀の如しってね」

「おい、常次よ、わしの婿で悪かったな」

といつもの会話が始まろうとした。すると、幸吉が、

「えへんえへん」

と空咳をしてみせた。

「おお、幸吉、そういやお前、なんでいるんだい、朝っぱらからよ」

金兵衛が幸吉の訪れを訝しんで尋ねた。

「金兵衛さん、今日も小梅村に孫のお守りに行くんだろ」

「どうしたものかな。このところ留守がちだもんで、長屋の気分が緩んでいるようだ。時にしっかりと目配りして差配の仕事もしなきゃあな、と考えてたところだ」

「あら、どてらの金兵衛さんがいないほうが、よっぽど長屋はすっきりしている

よ」

水飴売りの五作の女房おたねが姿を見せて話に加わった。水飴売りという商売柄、朝は早くなかった。

「おたね、そりゃねえだろ。わしだって小梅村通いを気にはしているんだよ。留守を預けるお前さん方に悪いってね」

「言葉なんぞはいいよ。気遣いはおこんさんから度々貰ってるんだから。今日も上々吉のお日和だ。小梅村に出かけるといいよ」

「そうかい、ならばそうさせて貰おうかね」

と金兵衛が応じたところに幸吉が、

「金兵衛さん、坂崎磐音様とおこんさんにさ、言付けてくれないか」

「言付けたあ、なんだい、幸吉」

「一度しか言わないから、間違わねえで覚えてくれよ」

「どてらの金兵衛、こう見えてもまだ耄碌しちゃいねえよ。下のほうは緩くなったがね」

「そんなことはどうでもいいよ。幸吉、早く言いな」

と常次が急かした。普請場に行く刻限が迫っているらしい。

「京に修業に行ったおそめちゃんが、この夏には江戸に戻ってくるんだよ。宮戸川の幸吉様って文が昨日届いたんだよ」

「なに、おそめちゃんが縫箔修業を終えて江戸に戻ってくるのか。そいつはめでてえや。婿どのとおこんに早速知らせるよ」

「そうじゃないんだよ、親方の供で一時だけ江戸に戻ってくるんだよ。詳しい事情は分からないけどよ。そんなわけだ。金兵衛さん、頼んだよ」

ようやく用事を済ませた幸吉につられるように男たちがそれぞれの仕事場に出ていって、金兵衛長屋の木戸口に金兵衛とおたねが残された。

「唐傘長屋のおそめちゃんや幸吉が一人前になっていくなんて、金兵衛さん、考えたことがあったかい」

「歳をとるわけだな。小便が近くなっても致し方ないか。なんだか寂しくなっちまったよ」

と言いながら金兵衛が急ぎ足で家に戻っていった。

「また厠かね」

おたねの声がして金兵衛長屋の朝の騒ぎが一先ず終わった。

南割下水の御家人にして研ぎ師鵜飼百助の研ぎ場では、竹村修太郎が師匠の研ぎ台の周りを、丁寧に掃除していた。修太郎は今日、弟子入り後、初めての経験をするのだ。肥後国同田貫派の刀工直道から研ぎの刀が届けられていた。

さる大身旗本から注文を受けた刀は、傘寿の祝いに一族郎党が贈る一剣らしい。それだけに、仕上げの研ぎは鵜飼百助にと、たっての頼みだった。

百助もこの注文を喜んで受けた。刀の出来のよしあしを決めるのが研ぎだった。名工として名高い刀鍛冶からの名指しの注文に百助も緊張していた。

師匠は朝風呂を浴びて身を浄め、新しい白衣で仕事場に入ってくる。

修太郎は師匠がいつもと違う顔付きであることを承知していた。それだけに、いつにもまして丁寧に研ぎ場の掃除をし、桶の水を新しく入れ替えた。何種類もある砥石には水を含ませて研ぎ場の前に並べた。

そのとき、鵜飼百助が姿を見せて、ちらりと修太郎の動きを見た。そして、視線を神棚へと移し、その下に生き生きした榊と新しい水を張った白磁の器一対が用意されているのを確かめた。

鵜飼百助は毎朝の仕事初めには、必ず自らの手で榊と水を神棚に捧げた。弟子が手を出してはいけない仕来りだった。修太郎はその仕来りを知らずして、何度

か叱られた末に、

「師匠の仕来り」

であることを覚えさせられた。

百助が神棚に榊と水を上げて拝礼し、研ぎ場に座った。兄弟子である百助の次男信助もすでに研ぎ場に出ていた。

それを確かめた修太郎は、自らに与えられた研ぎ場に座した。

信助が白布に包まれた刀身を父親に渡した。

一礼して受け取った百助が白布を解いた。

玉鋼三貫目から鍛え抜かれた刀身二尺二寸三分（約六十八センチ）が、研ぎ場の前に嵌め込まれた腰高障子の前に翳された。

昼夜四日、鍛錬された刀は、高熱で熱せられる。それを一気に水に入れて急速に冷やすことで、刀独特の反りが生じた。長い昼夜の作業の成果がこの一瞬で決まった。

刀は一瞬のうちに冷却されることで、まず本来の反りとは逆の刃側に反る。それから薄い刃側が棟側におもむろに引っ張られて刀本来の反りが生まれる。刀鍛冶は鍛錬するときから、

「反り」を思い描き、技術と経験を心血込めて注ぎ込むのだ。

新しく鍛錬された同田貫は反り四分九厘（約一・五センチ）であった。

鵜飼百助は、鍛えを見ていた。

刀身全体に澄明な鍛えが窺えた。

研ぎ師は、反りの曲線美、地鉄、刃文など刀が持つ、

「美と魂」

に研ぎをかけ、磨きを出すことが求められる。

長い間、同田貫を見ていた百助がゆっくりと刀身をおろし、刀の姿やかたちを整える作業に取りかかった。

修太郎はこの日、百助の一挙一動を見て過ごすことになる。そのことを昨夜、師匠から許されていたのだ。

下地研ぎの砥石は、備水砥、改正砥、中名倉砥、細名倉砥、内曇刃砥、そして内曇地砥の六種だ。

修太郎の長い一日が始まった。

霧子は新番士佐野善左衛門邸の用人部屋の床下で、小姓からの報告に耳をそばだてていた。

「殿は五つ（午前八時）前には登城なされます」

「継裃をお召しか」

「はい」

「登城するにふさわしいお腰のものもあるまい」

と用人の多治七蔵が形と差料を案じた。

「一昨日、殿は一振りの刀をお持ち帰りになりました。その刀を本日は携えられるとのことにございます」

「長年細々と蓄えてきた金子もすべて田沼様に差し上げ、佐野家の系図までお貸ししたが、全く栄転の沙汰はない。田沼様に差し上げた刀を、登城に差し支えるゆえ取り戻してこられたのであろうか」

「さあ、私が見たこともない刀にて、一見、脇差に見えぬこともございませぬ。殿は、これは粟田口一竿子忠綱の作にて刃渡り二尺一寸余、よく斬れようと自慢なされました」

「さようか、初めて耳にする銘じゃが」

と独白した用人が、

「ところで杉也(しんや)、殿のご機嫌はいかがじゃな」

といちばんの懸念を最後に尋ねた。

「近頃になくご機嫌麗(うるわ)しゅうございます」

「そうか、なんぞ良きことがあったのやもしれぬ。もしや、老中様が予(かね)てよりの願いをお聞き届けくだされたのではあるまいか。のう、杉也」

期待を抑えきれない用人の声があがった。

「いかにもさようかと存じます」

小姓の答えには間があった。

その声音に霧子は不安を感じ取った。

佐野善左衛門はなにかを決意したのだ。

(急ぎ師匠に連絡(つなぎ)を入れなければ)

と思った。

だが、佐野邸はすでに朝を迎えて、奉公人の全員が起きていた。

どうにも抜け出せなかった。外に出る機会があるとすれば、善左衛門が登城する刻限、玄関から門前に佐野家の奉公人の注意が注がれているときだ。

霧子はその刻を待つことにした。

じりじりとした刻が過ぎていった。

「空也、睦月、金兵衛爺様の到来ですよ」

と小梅村の坂崎家に金兵衛の声が響き、

「爺様」

と呼ぶ空也の声のあとに、

「あら、今朝はいつもより早いわね、お父っつぁん」

とおこんが声をかけた。

「迷惑か、おこん」

「なにもそのようなことは申しておりません。いつもより刻限が早いのでそう申し上げただけです」

「宮戸川の幸吉から言付けがあるんだ、おこん」

「幸吉さんから言付けですって、なにかしら」

「朝っぱらから長屋を訪ねてきてよ、婿どのとおまえに知らせてくれとよ」

「だからなによ、お父っつぁん」

「おそめちゃんが、この夏にも江戸に戻ってくるそうだぜ」

「まあ、おそめちゃんが。江戸を留守にしてまだ一年も経っていないのではないかしら」

とおこんが応じるのへ、

「だからよ、親方の供で江戸に一時戻るんだそうだ。詳しいことは幸吉も知らない様子だったぜ」

と金兵衛が答えた。

「一時だろうとなんだろうと、嬉しい話ね」

「あいつさ、昔と違って正直な胸の内を口にしねえのよ。だけど嬉しくってしょうがないもんだから、朝っぱらからこの金兵衛に言付けを頼んだんだろうよ」

と金兵衛がおこんに応じて、

「空也、今日はなにをして遊ぶかね」

と娘から孫に関心を向け直した。

三

新番頭蜷川相模守配下の番士佐野善左衛門政言は、六つ半（午前七時）、家禄五百石高の供揃えで市谷御門内の屋敷を出た。

主の久しぶりの登城に家臣一同が揃って門内で見送った。

佐野家の床下に忍び込んでいた霧子は、屋敷の裏口から抜け出ようとした。すると下女が漬物蔵から突然姿を見せ、霧子の出現に眼を丸くして叫ぼうとした。

霧子はするすると駆け寄ると、青菜漬を手にした下女の鳩尾に、

「ご免なさい」

と言いながら拳を突っ込み、くたくたと崩れ落ちる下女の体を支えて、漬物蔵に運び込み、筵が敷いてある板張りの床に体を横たえて置いた。そうしておいて、漬物蔵から辺りを見回し、裏木戸から屋敷外に出ると、路地伝いに麴町三丁目横町通に姿を現した。

このとき武家地にあって、霧子は屋敷奉公の女衆の形をしていた。いかにも使いにでも出された様子で表六番町通に出ると、御堀のほうに向かって東へと進んだ。一見、ゆっくりとした緩やかに見える動作だが、速度はなかなかのものだった。

雑賀衆が人込みに出た折りに使う、

「忍び歩き速足の術」

だった。

一番町に出ると、登城の行列が半蔵門に向かっていくつも整然と進んでいた。霧子は流れとは反対に九段坂上に向かい、田安御門を横目に九段坂を下って雉子橋へと差しかかった。

一橋御門前の堀の北側は、四番明地から三番明地、二番明地が広がっていた。無人の火除地の木々は新緑が朝の光に照り映え、徹宵した霧子の眼には眩しく映じた。

堀に架かる神田橋御門が見えてきた。

橋の先には御城に一番近い町屋の鎌倉河岸があった。

千代田城が築城された折り、資材の揚げ場として活用され、普請場の棟梁、職人、人足たちがこの界隈に居を構え、その人々のために食いもの屋や飲み屋が集まって商いを行った。鎌倉河岸の堀向こうは大名諸家の上屋敷が連なり、御城の一部を構成していた。

船着場には大小の舟が群がり、朝市が催されていた。その賑わいの中で霧子は神田橋御門を横目に、懐に隠し持っていた忍び笛を口に咥え、吹いた。

無音の笛が空気を震わせ、喧騒の空に静かに広がっていった。

しばらく鎌倉河岸の賑わいに身を置き、いかにも野菜などを買い求めている武家屋敷勤めの下女の体で待っていると、
ふうっ
と喧騒の中から弥助が姿を見せた。

霧子と眼を合わせた師匠が御堀端に霧子を誘った。

「なんぞ異変か」

「佐野政言様が登城なされました」

「長いこと病を理由に登城しなかった佐野様が、番頭の蜷川様のお許しも得ずに登城したというか」

「一昨日、松平定信様の屋敷から戻られた折り、携えておられた刀を腰に手挟まれたそうにございます」

「田沼様に身ぐるみ剝がされたのがただ今の佐野様ゆえな、松平の殿様に借りた脇差で格好をつけたか」

「師匠は脇差に見えたと申されましたが、刃渡り二尺一寸余の粟田口一竿子忠綱の作とか。佐野様が小姓に斬れ味を自慢なされたそうにございます」

「なに、小姓に斬れ味を自慢したか」

と訝しげな表情をした弥助がしばし沈黙した。

「霧子、小梅村に走り戻り、このことを若先生に告げてくれぬか」

「師匠はどうなされます」

「わしは速水左近様のお屋敷に向かう。佐野様の登城については若先生のお考えを待つが、その前に、佐野様が松平定信様のお屋敷に匿われていたことなどを速水の殿様にご報告申し上げると、若先生に伝えてくれ」

「分かりました」

と応じた霧子が船着場に向かい、無人の猪牙舟が舫われているのを眼に留めると、手拭いで姉さん被りをした。さらに舟から朝市に品を運ぶ人込みの中、石段を下りると、びっしりと舫われている舟から舟へと飛び移って猪牙舟に乗り込み、だれとはなしに、

「ちょいと借り受けますよ」

と小声で断った。するとかたわらの小舟から婆様が、

「姉さん、他人様の舟に無断で乗っちゃ泥棒だよ」

と注意した。婆様は鎌倉河岸で朝市に野菜を出している娘かなにかの舟番をし

ている気配だった。

「いかにもさようでした。ですが、いささか急な用事がございます。必ず一刻後に舟はこの場所にお戻しいたします。借り賃として二分をお婆様に預けておきます。持ち主が見えたらこの二分を渡してもらえませぬか」

「二分だって。そりゃまた法外な借り賃だね。姉さん、悪いことをしようというんじゃないだろうね」

「そうではございません」

霧子のきっぱりとした返事に、

「なら、わしの舟に乗って行きなされ。二分なんて要らないからさ」

「助かります。ですが、二分はお婆様にお預けしていきます。一刻後には必ず」

と約定した霧子は、婆様と舟を乗り換え、鎌倉河岸から竜閑橋へと舳先を向けて、棹を差した。

それを確かめた弥助は、表猿楽町の奏者番速水左近邸に走り出した。

霧子は竜閑橋を潜ると櫓に替えた。

竜閑川とも呼ばれる堀伝いに、小伝馬町の牢屋敷裏へと猪牙舟をぐいぐいと進めた。

何丁か東進すると幽霊橋を潜った。突き当たりに橋本町が見えたところで、堀は鉤の手に方向を大川へと転じた。

堀幅八間の運河を霧子は黙々と進んだ。

土橋、汐見橋を潜ると栄橋が見えてきた。

この界隈は古着屋が雲集している富沢町で、小僧たちが表の掃き掃除をしていた。

浜町河岸を横目にすると大川との合流部が見えてきた。

霧子は舳先を新大橋へと向け、ひたすら漕ぎ上がっていった。

刻限は五つ（午前八時）を過ぎていた。

霧子は無心に櫓を漕ぎ続けた。


磐音は、ようやく元気を取り戻した速水杢之助ら「大名諸家対抗戦」に参加資格のある六人の若者の前に歩み寄った。松平辰平と重富利次郎に実戦方式の稽古をつけられ、ぐったりとした面々に、

「疲労困憊の顔じゃな」

と笑いかけた。

「いえ、しばし休息を頂戴いたしましたので、英気が戻りました」

速水右近が磬音に応じたものだ。

「自ら限界を設けると、力はそこで止まるもの。人間とは不思議な生き物でな、もはや駄目と思うたところから真の底力が発揮されるのです」

「はい」

六人が一斉に磬音に返事をした。だが、返事とは裏腹に、精も根も尽き果てたという顔付きだった。

「ならばそれがしと稽古をいたそうか」

「えっ」

右近が眼を丸くした。

他の五人も言葉をなくしていた。手は強張り、足腰のあちらこちらに痛みがあった。だが、師匠の言葉に奮起した速水杢之助と設楽小太郎の二人が立ち上がり、

「先生、ご指導お願い申します」

と一礼した。

「ならば、まず杢之助どのから」

指名された速水杢之助は、瞑目して臍下丹田に力を入れ精神を集中すると、磬

音の前に立って両眼を見開いた。ふたたび一礼すると、竹刀をゆっくり正眼に構えた。

小梅村の母屋では朝餉を終えた金兵衛と空也が、穏やかな晩春の陽射しが降り注ぐ庭に出たところだった。

空也の腰には父親の磐音が手作りしてくれた木刀が差し落とされていた。

「爺様、空也は侍の子です。本日より剣術の稽古を始めます」

と空也が金兵衛に宣告した。

「ほう、もはや竹とんぼなんぞでは遊ばないか」

「これより坂崎空也は、父上と同じ剣術修行を始めます」

「そりゃ、いいがよ、空也。どてらの金兵衛爺様は、剣術の手解きはできないぜ。なんたって長屋の差配だもんな。剣術はな、おめえの親父様の得意、金兵衛はもはや用なしか」

金兵衛が哀しげに言った。

「爺様は見ておればよいのです」

「そうかいそうかい。なんだか勇ましいが、爺様は寂しいぞ」

金兵衛が縁側に腰を下ろすと、空也が腰の木刀を抜き、正眼に構えた。

「ほう、蛙の子は蛙かな、坂崎空也氏も剣術修行にござるか」

と胴間声が響き、瑞々しい青菜を両腕に抱えた武左衛門が不意に庭に姿を見せた。神出鬼没の武左衛門が抱える青物は、小梅村の陸奥磐城平藩安藤家の下屋敷の菜園で育てられたものだった。

「武左衛門様、空也は蛙の子ではのうて、坂崎磐音の子にございます」

空也が答えた。

「おお、そうよ。そなたの父は直心影流の達人坂崎磐音じゃ。その昔、それがしと品川柳次郎は、そなたの父と剣友であったことを承知か」

言いながら武左衛門が金兵衛のかたわらにどっかと腰を下ろし、青菜を縁側に置いた。

「おーい、早苗」

と一声叫んだ武左衛門に、

「えっ、武左衛門様は武士にございましたか」

と空也が問い直した。

「おお、これでも伊勢津藩の元家臣でな、丹石流皆伝の腕前であった。ちと、その可愛らしい木刀をそれがしに貸してみよ」

武左衛門が空也から一尺三寸（約四十センチ）余の木刀を借り受け、正眼に構えをとった。

だが、素足に安藤家の萌黄色の紋入り半纏、着物の裾を後ろ帯に絡げた姿の大男が、その手に磐音手作りの小さな木刀では、様にもならなかった。それでも当人は真剣で、

「わが流儀、丹石流の正眼の構えは、さよう、肩幅に両の足を開き、右足を前に出し、いや、左であったか、前に出し、木刀の先端を相手の眼につけて構えるのだ。どうだ、決まっていよう、空也どの」

と誇らしげに言ったところへ、

「父上！」

と早苗の声が響いた。

「なにをなさっておられるのです。宮芝居の真似ですか」

「早苗、そなたの父は痩せても枯れても本を正せば武士の出。空也どのに、わが流儀の正眼の構えを伝授しておったところだ」

「余計なお節介にございます。空也様には坂崎磐音様という剣の達人がおられま

す。父上がいい加減な剣術を教えることは無用にしてください、迷惑です」

「それが、父に対する娘の言葉か、情けなや」

「父上、よもやお忘れではございますまい。父上は一度たりとも、真の武士であったためしも、剣術家であったこともございません」

「な、なんたる言を弄するか」

「安藤家下屋敷の小者にございます。そのことをお忘れになってはおられませぬか」

「早苗、以前はそれがし、この家の主坂崎磐音や品川柳次郎とともに、剣を振って悪を懲らしめたこともある、歴とした武士であったのだぞ」

娘の言葉に武左衛門が本気で抗弁した。

「父上、夢にございます」

「夢とな」

「そうです、夢です」

言い切る早苗の言葉に武左衛門の肩ががっくりと落ちて、木刀を空也に返した。

「早苗さん、武左衛門様は空也に、親切にも正眼の構えを教えてくだされようとしたのです」

空也の言葉に早苗が、はっとした。その視線の先で武左衛門が安藤家に戻りかけていた。

「ちょっと待った、武左衛門の旦那。早苗さんの言葉は手厳しいがよ、おまえさんのことを真実思ってのことだ。娘じゃなきゃあ、言えない言葉なんだよ」

と金兵衛が武左衛門の背に言葉をかけ、

「早苗さんよ、親父様はおっ母さんといっしょに丹精(たんせい)された青菜を、このように持ってきてくれたんだ。空也へのことは余計なことだったかもしれないがよ、武左衛門さんだからできることでもあるんだよ。考えてもみねえ、亡くなられた西の丸家基様の剣術指南にして、ただ今は直心影流尚武館坂崎道場の主といえば、江戸にも名が通った剣術家だろうが。その倅にさ、どこのだれが剣術の手解きをするえ。おめえさんのお父っつぁんじゃなきゃできないことなんだよ。その気持ちを察してやりねえな」

金兵衛の言葉に早苗が顔を歪(ゆが)めて泣き出しそうになりながら、声を絞り出した。

「父上」

武左衛門の背が震えた。

そのとき、

「今朝はちょっと早いけどお茶を淹れましたよ。甘い物もありますよ」

と、おこんの明るい声が縁側に響き、

「あら、武左衛門様、見事な青菜ですこと」

と青菜に眼をやった。

「ほれほれ、おこんが茶と武左衛門さんの好きな酒饅頭を持ってきたよ。縁側でよ、みんなで食べようじゃねえか」

金兵衛がおこんの気持ちに応えて言葉を添えると、

「酒饅頭か、悪くないな」

とちょっと照れたような顔に涙の痕を残した武左衛門が縁側に戻ってきた。

「父上、ごめんなさい」

早苗が武左衛門に詫び、

「なあに、いいのだ。そなたの父は夢を追い、夢に惑わされた生涯やもしれぬでな、傍に迷惑をかける」

と娘に応じたものだ。

「それでいい。うちの娘に比べれば、早苗さんの言葉なんて優しいもんだ。なあ、おこん」

「うちの娘ってだれのことよ」

「おお、しまった。その娘がおまえだったか」

金兵衛が苦笑いし、親子二組の前で空也が正眼に構えた木刀を振り回した。

磐音の前に、息も絶え絶えの六人の若者が河岸の鮪のように転がっていた。磐音から稽古をつけられた速水杢之助や設楽小太郎ら六人だ。

「おーい、そなたら、道場の床を寝床と間違えてはおらぬか」

田丸輝信の声が六人の耳に響き、神原辰之助が、

「ほれ、気付けの水じゃぞ」

と桶に汲んだ水を竹柄杓で杢之助の前に差し出すと、杢之助が必死の形相で上体を起こし、無言の裡に受け取って、ごくごくと喉を鳴らして飲み、

「ああ、生き返りました。辰之助さん、ありがとうございました」

と礼を述べた。

そのとき、磐音は霧子の姿に目を留めた。その顔が何事か訴えていた。

磐音が玄関に出ると庭から回ってきた霧子が、

「佐野善左衛門様が登城なされました」

と徹宵して探索した話から弥助との会話までを報告した。

磐音は険しい顔で沈思した。

「番頭のお許しも得ず、登城なされたか」

「そのお腰には松平定信様から拝借なされたと思える粟田口一竿子忠綱作の刀が差し落とされていると思われます」

再び磐音は考えに落ちた。

「霧子、それがしが一筆認めるゆえ、それを持って速水左近様の屋敷に急ぎ行ってくれぬか」

磐音は式台に降りて草履を履くと門番小屋に向かい、季助から硯と筆を受け取ると、巻紙にさらさらと文を認め始めた。

速水左近に宛てた書状は四半刻（三十分）で認め終わり、乾くのももどかしく折り畳むと霧子に渡した。

霧子は無言で受け取り、一礼すると尚武館の船着場に走っていった。

磐音は門前から小舟が出ていくのを険しい顔で見送りながら、

（間に合えばよいが）

と思った。

四

竹村修太郎は、ひたすら師匠の鵜飼百助の研ぎを凝視していた。師がひと研ぎすると刃のかたちが変わっていくと思った。

(研ぎとは、かようなものか)

刃の毀れや錆を落とすのが研ぎと思ってきた。だが、師匠が行う作業は刀に、

「美と魂」

を授ける、神聖なる誕生の儀式だと思った。

(いつの日か、おれも師匠のような研ぎができるだろうか。そのためには膨大な日数の修業が要る。その無限とも思える努力を積み重ねられるか。いや、おれにはもはやこの道しか進むべき道はない)

師匠の片手が洗い桶の水を掬い、刃にかけた。すると砥石の粉が流されて、同田貫の刃が、

きらり

と輝いて、その片鱗を現した。

ふうっ

修太郎が思わず小さな息を吐いたため、師匠が修太郎を睨んだが、修太郎は気付かなかった。

（こやつ、研ぎの面白さが少し分かったか）

百助は、これから果てなき悩みが始まるのだと、弟子の小さな進歩を認めた。だが、口にすることはなかった。

鵜飼百助の研ぎ場には、倅の信助が研ぐ刃が砥石と触れ合う、研ぎの音だけが響いていた。その音がこの場の静寂を際立たせていた。

霧子は表猿楽町の奏者番速水左近邸に駆け付け、門番に訪いを告げた。途次、鎌倉河岸で野菜売りの小舟に乗った婆様に会い、小舟を返した。すると、婆様が、

「よう戻しに来たな、これはお返ししよう」

と二分を差し出した。

「いえ、約定の金子です。私には不釣り合いの大金ですが、これで役目が果たせたのです」

と拒んだが、婆様は、

「なにがあったか知らんが、二分はだれにとっても大金。主様の金子ならば、いよいよ使うてはならぬ金子じゃ」

と霧子の手に押し付けた。霧子は深々と頭を下げると、鎌倉河岸から表猿楽町へと走り出した。

霧子が何者か、とくと承知の門番が玄関番の若侍を通じて、即刻速水に知らせた。門番、玄関番の対応から速水左近が在邸していることを霧子は察した。

奏者番は、城中の儀礼を執行する役職であり、元来、大名職であった。殿中では芙蓉之間詰であるが、中之口近くに下部屋が与えられた。その数は時代によって異なったが、二十人から三十人と多く、当番、助番、非番制があって、当番は毎日交代した。

さりながら非番の者もしばしば登城して、江戸城中での複雑な儀礼を学んだり、時に朋輩同士の打ち合わせなどに当てた。

奏者番の筆頭が四人ほど寺社奉行を兼務することもあったが、江戸も中期になると、奏者番を経て寺社奉行に就く習わしに、つまり二職は分化した。

将軍家治の御側御用取次を長年務めてきた速水にとって、奏者番は早い昇進とはいえなかった。権勢を振るう田沼意次に睨まれ、〝山流し〟と忌み嫌われる甲府勤番に左遷されたこともあっての遠回りだった。

門内で待つ霧子に、こちらへと玄関番の若侍が庭に案内した。

霧子が初めて入る速水邸の奥であった。

奥に面した庭の泉水の前に速水左近は着流しで立っていた。

「霧子か、小梅村から使いとのことじゃが」

声を出すことなく頷いた霧子は、速水の前に片膝をつき、磐音が認めた書状を差し出した。

受け取った速水は、その場で封を披くと読み始めた。

俄かに速水の五体に驚きが奔ったのを霧子は感じ取った。二度ほど読み下した速水の顔は険しくなっていた。

「新番士佐野善左衛門政言どのが登城したのを、そなたは見たか」

「佐野様のお姿は見ておりません。さりながら、邸内の慌ただしい様子や話から佐野様が登城なされたのは間違いございません。格式並みの供揃えで、奉公人一同に見送られて出立なされました」

速水は一瞬虚空に視線を預けた、御城の方角だ。

「だれかおるか」

速水が声をかけるや、速水の様子を窺っていた家臣が、はっ、と返事をした。

「奥に申せ。即刻登城いたす、仕度を頼むとな」

と申し付けた速水は泉水の前から屋敷に戻りかけて足を止めた。

「弥助は神田橋の様子を見に行っておるはずじゃ。そなたは師が帰るのを待て」

若侍が霧子を再び玄関先へと案内した。

霧子が玄関前に戻ったとき、弥助の姿がすでにあった。そして、なぜか一振りの刀を手にしていた。

「神田橋御門内には入れなかった。普段にもまして警戒が厳しい」

と弥助が答えたとき、

「弥助どの、こちらへ」

と速水家の用人が弥助を内玄関から呼んだ。

霧子は玄関脇の片隅で、乗り物が式台前に置かれ、供揃えがきびきびとなされる様子をただ眺めていた。

どれほど刻が流れたか。登城の供揃えが見る見るなった。

不意に速水家の家臣の一人が霧子に歩み寄り、

「霧子、速水様の供で城中に入ると若先生に伝えよ」

と命じた。

なんと弥助の声だった。

霧子の胸に不安が奔った。

速水も継裃姿の弥助も、危険を冒して行動しようとしていた。それほど事が切迫しているということだろう。霧子は頷き返すと、

「師匠、無事に戻ってきてください」

と願った。

「城中に入れば古巣よ、案ずるな」

と笑いかけたが、顔は強張っていた。

「行け」

弥助の言葉に霧子は小梅村へと戻ることになった。ために弥助が加わった奏者番速水左近の登城の光景を見ることはなかった。

米沢町(よねざわちょう)の角、両国西広小路に面した両替屋行司今津屋(ぎょうじいまづや)の店先では、老分(ろうぶん)番頭の由蔵(よしぞう)が江戸の両替商の世話方を迎えていた。

朝早くから今津屋に両替商世話方五人が集まったのには理由があった。

天明元年（一七八一）、両替商役金が新たに命じられた。

両替商役金とは、江戸の商いを監督する町奉行と老中田沼意次との話し合いによって命じられた触れだった。だが、実際は田沼意次一人の胸から生まれた考えであった。

両替商いに役金が課せられたのは、金座を救済するためだった。

金座は、金貨である大判、小判を鋳造する役所だ。代々にわたり、後藤家が、

「金改役」

を務めてきた。

後藤家では金貨を鋳造し、分一金を収入にしていた。元禄から元文期（一六八八〜一七四一）、金貨の改鋳がしばしば行われたために後藤家の収入も潤沢だった。しかし、元文元年（一七三六）に元文金が鋳造されて以降、田沼時代を通じて金貨の鋳造が途絶えていた。

天明元年、後藤家より、

「この四十数年、金貨鋳造なく職人の給金支払いにも窮す」

との訴えがあり、それを認めた幕府は、金貨と一番縁が深い両替商に役金を命

じた。

その仕組みは、長年の通用のために瑕がついた「瑕金」、あるいは目方が減じた「軽目金」を回収して供出させ、金座で「瑕金」「軽目金」を直させた。この修理代は無料だが、その代わり、両替商は役金を金座、つまりは後藤家に支払えという触れであった。

役金は両替金額千両につき一両を当初予定した。世の中に出回る小判は莫大な量であった。ために役金もそれなりの額となった。

当然、両替商は反対の意向を示した。

そこで幕府は懐柔策として両替の手数料である歩銀の割り増し、「増歩」を提案した。現行では一両の両替につき銀二分、あるいは銭二十文の歩銀を、銀三分ないしは銭三十文まで引き上げるというものであった。

両替商側は、

「なぜ両替商の負担で金座を、後藤家を救済せねばならないのか」

と反発してこの企ては頓挫していた。

天明二年（一七八二）五月になって町奉行が両替商の説得にあたり、両替屋行司の今津屋吉右衛門は、町奉行と両替商の間に立って苦労を強いられた。

この頃、町奉行は南が牧野成賢、北が曲淵景漸であったが、二人は共同して、役金を両替商から直に後藤庄三郎に納めるのをやめ、町奉行所がいったん両替商から取り立てて後藤家に渡すことを提案した。

さらにもう一つ、役金の総額を初年度の天明二年は五千両とし、天明三年から増歩し、七千五百両とすることで両替商側も呑まざるを得なくなり、両替商役金制度が始まった。

ところが天秤返上、つまりは廃業、営業停止の両替商が相次いだ。細かい歩合で両替している銭両替商たちから、役金の負担は無理だと不満が上がったのだ。

この役金制度は当初から躓いた。

町奉行所との折衝にあたった今津屋吉右衛門や世話方の心労は尋常ではなかった。なにしろ不作、飢饉続きの不景気の中で両替自体が減っていた。

最終的に両替商三百七十九人に六百四十三株の「鑑札」を新たに交付し、一株につき十四両、合計九千二両を両替商の株の冥加金として、町年寄樽屋与左衛門に差し出し、町年寄が金座の後藤家に納めるかたちで決着した。

この両替商に実質的な役金を支払わせる幕府の理屈は、

〈全く世上え相かかり候儀にて、両替屋ども身分より差し出し候筋にこれなく

……。世上一統へ相かかり候ことに候えば、畢竟その世話いたし増し歩差し出し候ことにて……〉

というものであった。

役金は、両替手数料の増額分、増歩から出すのだから、両替商の負担とはいえず、客の負担にすぎないとの理屈だった。

幕府の、田沼意次の試算では、武家方、寺社方、町方を問わず江戸の住民、および江戸に旅してきた者を合算して、一人が一年に一両両替するとして総両替額は、

「三千万両」

は下らない。ゆえに役金の両替額千両につき一両とすると、総額で三万両、それを少なめに見積もっても一万五千両は両替商の両替手数料収入となるはずだ、との田沼意次の計算に基づいていた。

両替商にとって田沼意次の考えは、幕府が負担すべき金子を両替商に出させるものとして、根強い不満が残っていた。なかには天明の飢饉を終わらせるために田沼父子の排斥をだれぞに願えないか、そのためならば役金をさらに支払ってもいいとさえ主張する者もいた。

ために世話方の会合が度々場所を変えて行われた。

この日は、両替屋行司の今津屋での集いであった。

老分番頭の由蔵は、世話方が奥へ通ったのを確かめ、自らも主の手助けに行こうと考えながら、ふと西広小路に眼を向けた。

忙しげに往来する人々の中に立ち、霧子がこちらを窺っていた。

由蔵が手招きすると霧子が歩み寄ってきた。その顔に不安が漂っていた。

「なんぞ御用ですかな、霧子さん」

「老分さん、小梅村に戻るところにございます。若先生になんぞ御用なり言付けがございましょうか」

と霧子が問うた。だが、そのような問いは由蔵と話をするきっかけにすぎないことを承知していた。

「格別にございませんがな、箱崎屋のお杏さんはいかがお過ごしですかな」

と由蔵は尋ね返してみた。

「おこん様に従い、武家方の作法や言葉遣いを習うておられます。それを時折り、辰平さんが気にかけて様子を見に行かれる姿が微笑ましゅうございます」

「なによりなにより」

と応じた由蔵が、

「霧子さん、どこぞへ使いに出られましたか」

と初めて本筋に触れた。

霧子は由蔵の姿を見たときから、昨日からの動きを伝えるべきかどうか迷っていた。

由蔵は、坂崎家と身内以上の付き合いのある人物であり、双方が全面的に信頼し合っていた。また今津屋は江戸の金融界の大立者であると同時に、常から老中田沼意次の厳しい施策の矢面（やおもて）に立たされていることを、霧子とて知らないわけではなかった。

「ただ今、速水左近様のお屋敷から小梅村に戻る途次にございます」

「速水様がどうかなされましたか」

「いえ、そうではございません」

霧子は未だ迷っていた。

「言い淀んでおられるようですな。坂崎様やおこんさんを困らせるそなたではありますまい。胸のつかえをこの由蔵に話しませんか。聞いた上でこの由蔵の胸に仕舞うべき話と判断いたした折りは、そうさせてもらいます」

と由蔵が言い切った。

ようやく霧子は口を開く決意をなした。

「佐野善左衛門様が登城なされました」

「新番士の佐野様ですな。登城なされると、なんぞ不都合がございますかな」

由蔵に言われて、霧子は抱えていた不安の一部を告げた。

長い立ち話になったが由蔵も熱心に聞いた。その二人が醸し出す緊迫の雰囲気に、奥から由蔵を呼びに来た女衆も声をかけられずに奥へと戻っていった。

「そうでしたな、佐野様は田沼意次様、意知(おきとも)様父子に佐野家の系図から蓄えまですべて差し出されたのでしたな。にも拘(かかわ)らず昇進どころか系図の返却もないそうな。さようなことを小梅村の若先生に愚痴を零(こぼ)されては、これまで何度も窘められてこられましたな」

霧子は、佐野善左衛門と田沼父子の確執を由蔵が半分も知らぬことに気付かされた。

「若先生も速水様も、佐野様の行動を不安に思うておられるのですな」

霧子は頷いた。

「佐野様がなにをなさろうと、小梅村にも速水様にも関わりがございますまい」

由蔵は、佐野がこのところ松平定信邸に匿われていたことを知らなかった。そして、定信が反田沼派の若年寄太田備後守資愛（おおたびんごのかみすけよし）や大目付松平対馬守忠郷（まつだいらつしまのかみただ.さと）らを糾合して、佐野になにかを託したと推量されることを知らなかった。

由蔵の言葉に霧子が頷くと、

「新番士佐野様がなにを企てておられようと、もはやだれにも止められますまい。これまでも若先生が幾たびとなく忠言なされた結果です。ただ推移を見守るしか手立てはございますまい」

と応えた由蔵は、

(もしなんぞあれば両替商には大きな影響がある)

と考えた。そのことを霧子が案じて、かような話をしたのか、と霧子を見た。その顔には、なんとも険しい不安と戸惑いがあった。

「小梅村に戻ります」

「注意してな、お戻りなされ」

と由蔵は霧子の背を見送りながら、霧子が胸の不安のすべてを話したわけではないことに気付いた。霧子があれほど思い詰めた表情をした背景には、自分が知らぬ動きがあるのだと感じた。それは坂崎家にも速水家にも関わりが生じることだと、気付かされた。

(どうしたものか)

しばし思い迷った由蔵は、

(坂崎磐音という人物をこれまでどおり信じるしか手はない)

との結論に辿り着き、ようやく店前から奥へと向かった。

霧子は霧子で、わが胸の不安を中途半端に由蔵に話したことを悔いていた。かつて公儀御庭番衆だった弥助が古巣といえる城中に入り込み、その手伝いを速水左近がなしたことが霧子を不安にしていた。

両国橋の人込みを歩きながら、霧子は不安と後悔に苛まれていた。

ふと川面に眼差しを投げた。

晩春の陽射しを浴びて滔々とした大川の流れがあった。往来する大小の舟も、いつもと変わらない暮らしの風景だった。

あっ
と霧子は思った。

速水左近の急な登城も、弥助が速水家家臣の一人として城中に潜入することも、すべて坂崎磐音その人の考えではないか、と気付かされたからだ。

（若先生はすべて見通して私を使いに立てられたのだ。これから起こることの全ての責任（せめ）を負う覚悟で行動しておられるのだ）

霧子は、坂崎磐音や弥助に殉ずる覚悟を改めてなすと、足を速めて小梅村に向かった。

第二章　お杏の覚悟

一

三月二十四日四つ（午前十時）。

おこんは、お杏がただの大店の娘ではないことを、同じ屋根の下で暮らし始めてすぐに悟った。

お杏は相手のことを常に慮っていた。自分の言動がどう受け取られるかを考えていた。それは松平辰平に対してだけでなく、磐音やおこんから門弟衆にいたるまで分け隔てなかった。

お杏は辰平と生涯をともにしたいと考えたとき、辰平の立場に立って物事を見、考えようと決めたのだろう。

だれかの忠言があったというより、お杏はそもそものような人柄かとおこんには思えた。

元来、箱崎屋はただの商人ではないのだ。

西国一の商人であり、御朱印船時代が終わってもひそかに異国にまで交易船を出して商いを続ける、大胆にして自主独立心の強い博多商人の家系だ。鎖国政策を頑なに保持し、大名諸家にそれを守るよう強制していた治世下、なんとも豪胆極まりない商人であった。

それには西国筑前という地理的な環境と、異郷の朝鮮半島のほうが江戸よりもはるかに近く、西国大名がなんらかの方法で異国と交易を続けてきた背景があることも見逃せなかった。

筑前博多の商人なら、多かれ少なかれ異国との窓を開いてきた長崎から物品や情報を得ていたし、また福岡藩の沖合いに浮かぶ対馬領から、対馬口と称する異国の物品も入ってきた。さらには琉球を通じて、琉球口の品々を手に入れるのもそう難しいことではなかった。

江戸幕府の動きを慎重に観察しつつも、同時に他国との交易交流を続けることが、西国大名や商人に複眼的思考を保持させていた。

そんな商家に育った三女のお杏は幼い頃から、国を取り巻く大海原の向こうに、「異郷が在り、違った言葉を持った異なる考えの人々」がいることを承知していた。

松平辰平を意識したとき、直参旗本の次男がどのような考えの持ち主か、お杏は慎重に考えたのであろう。それを若いお杏にさせたのは、博多育ちということが大きいと思われた。さらに辰平とお杏の二人が、片や紀伊や江戸、片や筑前博多と離れ離れにならざるを得なかった状況が四年余あったが、その運命を受け入れ、相手を信頼し、却って互いを思いやる気持ちがはぐくまれたからこそ、ただ今の幸せがあるのだ。

二つの想いを結びつけたのは、か細い糸、文の交換であった。不安に満ちた四年余の歳月が、大店の末娘をさらにいっそう注意深い女子に育てていた。

それはおこんが見てもいじらしいほどの心遣いであった。

おこんは、お杏に教えることよりも教えられることのほうが多かった。

この日の朝、辰平の数少ない時服をお杏に託した。

それはおこんが気を配って誂えてきた着物であった。むろん辰平だけではなく、利次郎をはじめ、ときに住み込み門弟や霧子たちの分まで考えに入れなければならず、十分な数とはいえなかった。

「お杏さん、今日から辰平さんの着るものはお杏さんにお預けします。もう少し季節の召し物が誂えられるとよかったのですが、なにしろわが亭主どのは、お金儲けに全く関心がない御仁にございます。ゆえになかなか辰平さん方の召し物にまで行き届きませんでした」

「おこん様、大勢の住み込み門弟衆を抱えながら、おこん様が気配りなされた大切な辰平様の品々です。これからは杏が大事に預からせていただきます」

お杏が愛おしそうに辰平の外着三着を受け取った。

そのとき周りにはだれもいなかった。金兵衛が空也と白山を連れ、早苗が睦月を抱いていっしょに散歩に出ていたからだ。

「私は改めてお杏さんの強い想いと信頼に感じ入りました。商家育ちゆえ武家方の暮らしはなにも知らないと申されましたが、この私がお杏さんから教えられることばかりです。お杏さんは、黒田家に仕官なされる辰平さんといつ所帯を持たれても恥ずかしくないお嫁様ですよ」

おこんの言葉にお杏は戸惑いを見せた。おこんに言われたことをどう受け止めてよいか、思い迷っている表情だった。

「お杏さん、私の言うことは素直に受け取ってください。私は深川六間堀の長屋の生まれ育ちにございます。裏表はございません、言葉どおりです」

おこんが顔に笑みを浮かべると、お杏もようやく安堵した表情を見せた。

「物は考えようです。深川生まれの娘が今津屋に奉公し、縁あって豊後関前藩坂崎家の嫡男と結ばれました。ですが、その来し方がいつも平穏ばかりではなかったことは、もはやお杏さんも承知しておられますね」

おこんの言葉にお杏が頷いた。

「一方お杏さんは、ただの商人の娘御ではありません。西国一の箱崎屋の娘御です。周りには商人ばかりか、黒田家の武家方が出入りする大店の育ちです。知らず知らずのうちにお杏さんは、大商人の懐の深さと、江戸では思いもよらぬ行動力のみならず、武家方の物の考えや習わしを、すでに身につけておられます。速水左近様の養女にして坂崎磐音の女房が認めます」

「で、ございましょうか。博多と江戸では大きな違いがあるように思われますが」

「最前も申しましたが、物は考えようです。異なると思えば異なりましょう。ですが、お杏さんは異なる両方の考えや仕来りをすでに承知です。あとは一つだけ、このこんから余計なお節介がございます」

「おこん様、ぜひ教えてください」

おこんは、しばし庭の景色に視線を預け、眼差しをお杏に戻した。

「私が今津屋に奉公に出た折りはなにも知りませんでした。すべてが教えられることばかり。大川を挟んだそこには全く別の暮らしがございました。何度も申しますが、お杏さんはすでに多くのことを知っておられます。ただご当人がそのことに気付いておられないだけです。お杏さん、自信を持って、そう気張らずに、この小梅村からしばらく江戸を観察し、動きを見守ることとです。お杏さんなら、そう難しいことではございません。またすでに辰平さんがお杏さんの傍におられるのです。なにか迷われた折り、分からないことは辰平さんに気軽に相談なされませ。辰平さんが迷われたときは、うちの亭主どのも私もおります」

「はい」

とお杏の返事が軽やかにおこんの耳に響いた。

「一心不乱に剣術に励んでいた辰平さんが、博多でお会いしたお杏さんに心を留められたのです。明るく気立てのよい博多っ子を好きになられたのです。お杏さんもきっと、身分もなければなにも身につけていない武者修行の一途な辰平さんを好きになられたのでしょう。お互い初めて出会った頃の気持ちを大切にしておられれば、どのような難儀も必ず乗り越えられます」

「おこん様、ありがとうございました」

二人の女が互いの視線を交わらせて微笑み合った。

「ただ今の坂崎磐音を取り巻く諸々が、お杏さんに辛い想いをさせているのではないかと案じております」

しばし間を置いて、おこんの話が変わったことにお杏は気付いた。だが、気付かない振りをして訊き返した。

「どういうことでございましょう」

「辰平さんとお杏さんがすぐに所帯を持てない理由です。それは利次郎さんが霧子さんといっしょに暮らせない理由と同じです。二人は坂崎磐音とともに運命を歩もうとしておられます。ですが私は、亭主が知らず知らずのうちに若い方々に行動をともにすることを強いたのではないかという懸念を持っております」

おこんの言葉は重かった。それをお杏は一語一語嚙みしめるように受け止めた。

「博多からの道中、お父っつぁんがしばしば、松平辰平様と所帯を持つとはどういうことかを話してくれました」

「次郎平様がですか」

「はい。辰平様の嫁になるということは、坂崎磐音様という大剣術家と運命をともにすることだ。その覚悟が杏、おまえにあるかと、幾たびか確かめられました。私はその都度、辰平様が私を受け入れてくださったならば、生死をともにいたしますと答えました。おこん様の懸念の答えになっておりましょうか」

「お杏さんに余計なことを申しました」

「いえ、お父っつぁんの言葉が真に分かったのは、江戸に参り、江戸の風に触れ、辰平様と話をしてからのことでございます」

「お杏さん、相手は幕府を壟断し、動かしておられる老中、若年寄父子です。私どもにどのような運命がいつ、どこで降りかかるか分かりません」

「おこん様、私がこちらでお世話になるにあたり、身の回りのものを博多屋に取りに戻ったことがございました。そのとき、お父っつぁんが私にこう言いました。田沼様の政は、意外に早く終わりを迎えるのではないか。だが、終わり方の推測がつかぬと」

「箱崎屋次郎平様は、幕府の中に私どもの知らぬ手蔓をお持ちなのでございましょう。それは私も感じます、されど、いかにも終わり方が分かりません」

「おこん様、私の覚悟は最前申しました」

「お杏さん、そなたはもはや私どもの大事な身内にございます」

おこんが言い切り、お杏がにっこりと微笑んだ。


霧子が徒歩で尚武館道場に到着すると、門前に金兵衛が腰に木刀を差した空也を伴い、早苗が睦月を抱いて散歩する姿があった。白山が空也と睦月を護るように寄り添っている。

「あ、霧子さんだ」

空也が最初に気付いた。

「散歩ですか、ご苦労に存じます」

霧子も四人に言葉を返した。

「穏やかな陽射しだからよ、睦月に外の様子を見せてやろうと出てきたんだ。睦月は川の流れが好きなのか、上機嫌だよ」

金兵衛が答えると、白山が額に汗を光らせた霧子の足元に来て尻尾を振った。動物の勘で霧子が抱えている不安を見抜いたか、そんな行動だった。

「白山もご苦労さん。ちゃんと空也様と睦月様を護るのよ」

と頭を撫でた霧子が、

「若先生は道場ですよね」

とだれとはなしに問うた。

「霧子さん、父上はいつものように道場に出ておられます」

と空也が答えた。

「有難うございます、空也様」

と応じた霧子が金兵衛らとともに門を潜った。道場では通いの門弟を含めて大勢の弟子たちがいつものように稽古に余念がなかった。

霧子は、利次郎や辰平たちが通いの門弟の稽古相手を務めている姿を、開け放たれた縁側越しに見た。

尚武館坂崎道場の建物は、元々この地にあった百姓家を道場に改築し、さらに大増築をなしたもので、最初から剣道場として建てられたものとは一風変わっていた。

庭に面した縁側はそのまま生かして庭と一体化するように開け放たれていた。それだけに春から夏は、風が道場内に通って気持ちがよかった。

霧子は、坂崎磐音が珍しく見所脇で稽古を見ながら座禅を組んでいる姿に眼を留めた。

　霧子に気付いた利次郎が、相手をしていた六平太に声をかけて稽古を中断し、磐音のもとに霧子が戻ったことを伝えにいった。霧子は、玄関前で待った。

「霧子、ご苦労であったな」

　磐音が玄関先に姿を見せた。

「申し上げます。速水左近様は本日登城の予定なく非番にございました。ですが、若先生の書状をお読みになり、急ぎ登城なされました。その供揃えに師匠が加わっておられました」

　その報告に磐音は黙って頷いた。やはり磐音は弥助が城中に入る大胆な行動を承知していたと霧子は感じ取った。

「私が速水様のお屋敷に伺った折り、師匠は神田橋の様子を見に行かれて留守でしたが、私が庭から玄関に戻ったときにはすでにおられました。神田橋界隈の警戒はいつもより厳しく、御門内に立ち入ることはできなかったそうにございます」

「相分かった」

「師匠は登城の供に加わることを承知していたかのように、刀を一振り手にしておられました」

「ほう、刀をな」

とだけ答えた磐音は道場に戻りかけたが、霧子に、

「体を休めておれ」

と命じた。

「なんぞ御用はございませんか」

「ただ今のところは待つしかあるまい。佐野様の城中での行動を読もうとて、われらには読めぬ。城中に入られた速水様と弥助どのの報告を待つしかない。それまでじたばたしても仕方があるまい。そう思わぬか、霧子」

磐音は己に問うように霧子に尋ねた。

「はい」

「じっとしていられぬそなたの気持ちも分からぬではない。じゃが、かようなときは耐えて待つよりほかに道はあるまい」

首肯（しゅこう）する霧子の顔に、懸念とも不安ともつかぬ表情が漂っているのを磐音は見た。胸に迷いか悔恨を抱えている様子に見えた。

「どうしたな、霧子」

磐音が霧子に尋ねた。その声音は優しかった。

「若先生、余計なことをしてしまいました」

磐音は改めて霧子と向き合った。

「話してみよ」

霧子は、速水邸からの帰り、今津屋に立ち寄った経緯(いきさつ)を話し、由蔵と交わした会話を告げた。

「由蔵どのに佐野様のことを話したか。霧子、そなたの胸の不安がさような行動をとらせたか」

「由蔵さんの姿を見たら、つい愚かにも喋(しゃべ)っておりました。若先生の許しを得ていないことを思い出すべきでした」

「いささか軽率であったな。だが、霧子、そなたの勘が、由蔵どのに事情を告げておけと言うたのやもしれぬ。今津屋では両替商の世話方が集まってなんぞ談議が開かれようとしていたというが、案ずることはない。由蔵どのが話す相手がいたとしても一人だけ、吉右衛門様だけじゃ。両替商の世話方がこの時期、集まるのは間違いなく両替の手間賃についてであろう。われらの懸念と同じ根があることはたしか。今津屋方は、城中の様子を独自の方面から探り出す人脈を持っておられる。ならば、そなたの話がきっかけになり、新たな手立てを今津屋吉右衛門様は講じられるやもしれぬ」

霧子が頷いた。

「繰り返すが、われらに今できることは、胸に不安を抱えながらも耐えることじゃ。母屋に行かぬか。おこんやお杏どのと話をすれば、もやもやとした気分も晴れるやもしれぬでな」

霧子の顔がわずかに明るくなり、一礼すると母屋に向かった。

磐音は玄関先に立ち、弥助に託したことが、

（要らざる指図）

に終わることを胸中で祈った。

弥助はすでに城中に潜入していた。

奏者番速水左近の従者に扮した弥助は、大手門を潜り、下乗門から中之門、中雀門を経て、幕閣や役職に就いた者たちや登城の大名諸家が控える、

「表」

と称される一角、本丸御殿の通用口の一つ、中之口の下部屋に速水左近が入る

前、気配もなく姿を消していた。家治の御側御用取次を長年務めてきた速水左近、その速水の従者として潜入しなければできない芸当だった。

弥助は御庭番衆の一員として、西国筋の大名家に潜入する御用を務めてきた者だ。

表の構造は諳んじていた。とはいえ城中に張り巡らされた御廊下を勝手に往来できる身分ではない。天井裏や床下など、御庭番衆ら影の御用を務める者の通り道を伝ってのことだ。

玄関の床下から新番士佐野善左衛門政言が控える新番所に向かうには北西に進むことになる。

弥助は床下で昔の仲間と出会うことがないよう慎重に気配を探った。床下には格別に潜む者はいないと見受けられた。

継裃姿の弥助は行動を開始した。

広大な床下をまず西に向かい、気配を消し、音も立てずに大広間下に向かった。中庭が望めた。

弥助が知る中庭の佇まいで、異常はない。

中庭の西に延びる松之廊下の床下に移った弥助の脳裏にちらりと、元禄十四年

（一七〇一）三月十四日、播磨赤穂藩主浅野長矩が高家筆頭吉良上野介に刃傷に及んだ大騒動の歴史が過った。

もし佐野政言が老中田沼意次に刃を振るうようなことがあれば、元禄十四年の出来事以上の大騒動になる。

弥助は、佐野善左衛門が尋常な考えの持ち主でない以上、その行動を止め立てするのは難しいと思っていた。佐野が引き起こす騒ぎが他者に及ぶことはなんとしても避けよ、最小限に食い止めよとの磐音の命を受けていた。

むろんこの考えに速水左近も同調したため、弥助を供に加えたのだ。

（どうすれば食い止めることができるのか）

胸に過った考えを忘れて、かつての仲間と遭遇しないように神経を集中しながら、ひたすら松之廊下を北へと転じて進んだ。

中庭ともう一つの中庭の間に白書院があった。

二

白書院は、上段、下段、帝鑑之間、連歌之間などに分かれており、縁頬を含めると三百畳の広さがあった。この書院は、大広間、黒書院（くろしょいん）と同じように江戸城での儀礼などに使われた。

弥助は白書院の床下の四方に気配りしながら北へと進んだ。

なんの行事にも使われていないのであろう、部屋は森閑（しんかん）として、人の気配はなかった。

白書院の先に別の中庭が待ち受け、その中庭の北西の角に溜之間（たまりのま）があった。竹之廊下を真っ直ぐに行った先の東隣の部屋で、大名の殿中席（でんちゅうせき）にあてられた。黒書院の一部でもあり、松溜（まつだまり）とも称された。

殿中席としては最高の席とされ、井伊（いい）家、会津松平（あいづまつだいら）家、高松松平（たかまつまつだいら）家の三家のほかは世襲されなかった。だが、京都所司代、大坂城代を務めた大名にも与えられるのが習わしだった。

老中と諸役人の会見場所などにしばしば用いられた。

ゆえに弥助は注意して溜之間の床上の気配を探ったが、こちらも人のいる様子はなかった。

千代田城の表は異様に静かだった。

弥助は黒書院に向かって移動した。

佐野善左衛門が控えるはずの新番所が近くなる。

黒書院は、上段、下段、囲炉裏之間、西湖之間、溜之間に分かれており、縁頬を含めて百九十畳の広さであった。

将軍が日常を過ごす中奥に近いために、年始などの礼席、大名の家督相続、就封、参観、諸役人との謁見の場としても使われた。また月次御礼の礼席として毎月一日、十五日、二十八日に使われたが、その折りは大廊下詰、溜之間詰の大名の席ともなった。黒書院は大広間や白書院以上にいろいろな儀礼礼式に多く用いられる広間であった。

床下に緊張が走った。

弥助は、周りを取り囲まれたと思った。動きを止め、気配を消した。だが、多勢に囲まれて、もはや万事休した。

当然、床下で暗躍する者は限られている。御庭番衆など弥助の昔仲間と思われた。

弥助は、覚悟を決めた。

腰に差してきた一剣の柄に手をかけた。戦うためではない、自害するためだ。

だが、弥助を囲んだ影の者たちの注意は黒書院に向かい、話し声に聞き耳を立てていた。

弥助は動きを止めて闇に同化し、刻が過ぎるのを待った。その場からは黒書院の話し声は聞こえなかった。

緊張の気配から、だれかが叱責されているようでもあった。そんな様子が伝わってきた。

佐野善左衛門が突然の登城を上役から叱責されているのではないかと、弥助は感じた。だが、確かめる術はなかった。

四半刻（三十分）が過ぎた。

不意に床下の面々の気配が消えた。

黒書院の一角から溜息が洩れたようでもあった。もはや弥助がいる場所の北側は中奥であり、将軍家治が日常過ごす住まいであった。

ために床下でも表と中奥の間には厳重な仕切りがあった。

無人となった黒書院の床下でしばし待ち、弥助は一段と緊張の度を高めて御用部屋へと移動していった。

御用部屋は老中、若年寄の執務場所であった。その東側には新番所前廊下、新番所、桔梗之間が続いていた。新番所前廊下も新番所も、御番衆、武官たちが老中、若年寄など重臣を警護するために控える場であり、さらに先の桔梗之間は、御番衆の頭たる新番組頭、番医師、女中付の用人の殿席であった。

老中が登城したときに諸役人から挨拶を受ける場合、御納戸前を経て桔梗之間に行き、その次に中之間へと姿を見せた。退出の際は、その反対の動きをした。

弥助は御用部屋に近付ける床下ぎりぎりまで移動し、大柱の陰にへばりついて気配を消した。

御用部屋の様子からは、幕閣の中で強権を振るう田沼意次がいるのかいないのか察することはできなかった。

これまで弥助が経験したことがないほどの静寂に包まれていた。ただ時折り、茶坊主が畳廊下を摺り足で歩く音だけが伝わってきた。

弥助は気配を消し、待機の構えに入った。

なにかが起こるのか、なにも起きないのか、皆目見当がつかなかった。

弥助には待つことしか残されていなかった。

北割下水の品川家では、幾代が嫁のお有と内職の虫籠造りに余念がなかった。竹などは柳次郎が籤に割り削って仕度をしてくれていた。だから幾代とお有は、手順に従って組み立てるだけの作業だった。

二人のかたわらには、柳次郎とお有の子おいちが寝かされていた。

「あっ」

なにかを思い出したようにお有が声を上げると、手の動きを止め、

「失礼をいたしました」

と詫びた。

お有の実家の椎葉家は学問所勤番組頭、御家人の品川家とは家格が違った。だが、昔を辿れば椎葉家の屋敷が北割下水にあって、柳次郎とお有は幼馴染みだった。

「どうなされた」

この日、珍しく主の品川柳次郎は出仕していた。ために姑と嫁だけが内職に精を出していた。

「米櫃がそろそろ底を突きます」

「ならば出入りの越後屋に持ってくるように命じなされ」

それが、とお有は言い淀んだ。

「どうなされた」

「米屋からは、今後どちら様もつけ払いはやめていただき、現金払いにて願いますと言われておりました。そのことをうっかり忘れておりました」

「なにっ、長年のつけ払いをなくすとな」

「はい、正月には百文で六合買えた米が、五合五勺に減るそうです」

「また値上げですか。天明の飢饉はそこまできましたか」

　幾代は手を休めた。

　前年七月八日、浅間山が噴火し、多大な被害を上野、信濃一円に与えた。この大噴火の影響も相まって、東日本を襲った大飢饉が未曽有の危機をもたらしていた。

　奥州路一円では、冬に飢え死にする者が続出して、だんだんと関八州に飢饉の範囲を広げつつあった。このところ米の値が急激に上がっていた。

　天明元年九月には百文で一升買えた。

　天明二年六月には百文で八合から九合となり、天明三年の三、四月には一升一合まで値が下がったあと、浅間山大噴火のために六、七合にまで値上がりした。そして、天明四年晩春になると、ついに百文で五合五勺となった上に現金買いだという。

　こうした米価の急騰は、一揆（いっき）や打ちこわしを呼び、江戸近郊にまでその兆候が見られるようになっていた。だが、江戸は年貢米の集積場、裏長屋に住む職人や棒手振りでさえ、

「白飯じゃねえと力が出ねえ」

　と威張るほど、江戸で白米が不足することはなかった。

「孫が大きくなれば、米の入り用も増えます。困りましたな」

　思わず幾代は、孫が一人前に食することを案じる言葉を吐き、お有がすまなそうな顔をしながら腹に手を添えたのに気付いて、

「お有、考え違いをしないでくだされ。おいちが生まれたのは品川家にとって近年なき吉事です。それに秋には二人目も生まれます。孫の食い扶持くらいこのお婆がしっかりと稼ぎますでな。孫には丈夫に育ってもらわねばなりません」

「いえ、私はなにも」

　と言い訳した。

「要るものは要るのです。お有、柳次郎には内緒ですが、この私にもいささかの蓄えがございます。あとで渡しますゆえ、越後屋に一両分の米を持ってこさせなされ」

「えっ、一両も米を購うのですか。三斗は買えます」

「お有、未だ米は値上がりします。ここはしっかりと買い置きしておかねば、孫にひもじい思いをさせるばかりか、そなたの体にも障ります」

「はい」

と応えたお有の声に力が入った。

「それにしても田沼様はなにを考えておいでか。天明の大飢饉に無為無策ではございませぬか。尚武館の若先生方を目の敵にする前に、やることはいくらもございましょうに」

幾代が小声で囁き、

「お有、ひと休みして茶にいたしましょうか」

と言い添えた。そのとき、門前で、

「母上、お有、ただ今戻りました」

と柳次郎の声がして、

「おや、もう戻られる刻限か」

と幾代が言ったときには、お有は玄関へと主を迎えに出ていた。

「おまえ様、お早いお帰りにございますな」

「われらを集めたところで仕事があるわけでなし、組頭が点呼をとって、天明の大飢饉の最中、倹約節約に努めよと訓示を聞かされて早々に引き上げてきただけだ。酒好きのお方は仲間を募って朝酒を飲ませる煮売り酒屋に繰り出された。それがしは、酒に酔った勢いでの上役の悪口やご政道批判は性に合わぬゆえ、両国橋東詰の高麗せんべいを購うて帰ってきた」

柳次郎が包みをお有に渡した。

「高麗せんべいにございますか、大好物にございます」

「諸色値上がりする中で、わが家では一枚二、三文のせんべいを購うくらいの贅沢しかできぬ。お有、許せ」

「なにを申されます、柳次郎様。うちでは米を三斗ほどまとめ買いいたします」

「米を三斗じゃと。一両はしようが」

それが、とお有が幾代の言葉をそのまま柳次郎に伝えた。

「母上が密かにへそくりをしておられるのは承知していた。それにしても一両で米買いとは、いや、父や兄があの体たらくゆえな、致し方ないことであったろう。それにしても、母上は太っ腹じゃな。それに引き替え、倅のそれがしは、高麗せんべいを買うにも迷うた。小物じゃな」

と嘆いた柳次郎が着替えに座敷に向かい、お有も従った。

幾代は晩春の陽射しが降り注ぐ庭を見詰めていた。鶏たちが餌の残りを啄んでいた。

なんとも平穏な時が流れていた。倅と嫁と孫に囲まれて余生を過ごす。内職が本業と思える御家人の暮らしだ。

(これ以上、なにを望もうか)

幾代がそう思ったとき、鶏の鳴き声が変わった。なにか異変を感じ取ったような鳴き声になっていた。

「あれまあ」

幾代は庭に腰を屈めて入ってきた大男を見て、思わずがっかりした声を洩らした。

「よいお日和じゃな、幾代様」

「そなた様にもよいお日和にございますかな、武左衛門どの」

諦めの声で幾代が問うた。

お仕着せの半纏を着た武左衛門が縁側の端にどさりと腰を下ろし、

「よい日和とは言えませんぞ。わしがな、修太郎のことを案じて鵜飼家の研ぎ場を訪ねたと思われよ。そしたらな、百助師匠とその倅どの、それにうちの修太郎が険しい顔で仕事をしておるではないか」

「世間ではこの刻限、どこも仕事をしているのは当たり前のことです」

「そうは言うが父親が訪ねて行ったのだ。少しぐらいこちらに注意を払うてもよいではないか。それが真剣な顔付きでな、どこぞの大身旗本が傘寿の祝いに贈る祝い刀を研いでおると言うのだ。愛想の言葉一つもないわ。早々に引き上げてくる道中な、ふと、そうじゃ、北割下水の貧しき御家人の家を訪ねて、わが元気な顔を見せてやれば喜ぼうと思うたのだ」

「そなた様の顔を見て、だれが喜びます。うちの孫など、そなた様がわが家を訪ねてきた日は必ず夜泣きして、いつぞやは引き付けを起こしましたぞ。ただ今は遊び疲れて寝ておりますゆえ、起こさんでくだされよ」

「幾代様、それはなかろう。倅の長年の朋友の訪問ではござらぬか、笑みの一つも見せても損はなかろう」

「損はいたしませぬが気分を害します」

「気分を害するか。のう、柳次郎、そなたの母御は肚にもないことを平気で言われるぞ。なんとか窘めてくれぬか、痩せても枯れても品川家の主はそなたなのだからな」

　普段着に着替えた柳次郎が居間に姿を見せたのへ、武左衛門の矛先が向けられた。

「母上は、肚にないことは申されぬぞ」

「どういうことだ、柳次郎」

「言葉どおりです」

「それはいささかきつかろう。友遠方より来りて、茶を喫しながら清談に興ず。麗しき付き合いというものだ」

「うちは茶屋ではありません」

「柳次郎、そなた、最近口の悪いお袋どのに口調まで似てこぬか」

と嘆くところに、お有が盆に茶と高麗せんべいを載せて運んできた。ちらりと茶碗の数を確かめた武左衛門が、にんまりした。

「この家の姑と主は意地が悪いが、さすがに学問所組頭の娘はできておる。客のもてなしをよう承知じゃ」

「武左衛門様、お客様がどなたか存じませんでしたが、亭主どのの言い付けに従うたまでにございます」

お有が洩らし、武左衛門は柳次郎を見たが、主は素知らぬ顔で尋ねた。

「かようなご時世に、傘寿の祝いに刀を鍛造する旗本がおられるとは、世間も捨てたものではないな」

「同田貫一派の名のある刀鍛冶が鍛えた一剣じゃそうな。天神鬚の百助老がえらく険しい顔で研ぐところをな、うちの修太郎がかたわらから食い入るように見詰めておった。あれで果たしてものになるのかのう、柳次郎」

「父親を一顧だにしなかったのだな」

「ちらりとも見ぬわ、茶の一杯も出る雰囲気ではなかったぞ」

「修太郎どのは、生涯の師のもと、よき勤めを見付けたようじゃな」

「そうであろうか」

と応えた武左衛門が、高麗せんべいに手を伸ばし、ばりばりと音を立てて食い始めた。

「この親にしてこの子あり、と言うが、竹村家では倅が父親に愛想を尽かしましたかな、柳次郎」

「それはうちとて変わりはございますまい。このところ父上からも兄上からも音沙汰ございませぬな」

「なくて結構。老いたというてこの屋敷の門を潜るようなことは決して許してはなりませんぞ」

「それはありますまい」

「いえ、男というもの、老いては女に捨てられ、つい里心がつくものです。武左衛門どの、気を付けなされ。修太郎どのがしっかりとした眼を養うた暁には、勢津どのとて容赦はございませんぞ」

「ま、真か、幾代様」

武左衛門が険しい顔で幾代を見た。

「うちには早苗もおるでな、まさか実の父親を見捨てることはなかろう」

「それはなんとも言えぬな」

柳次郎の言葉に武左衛門ががっくりと肩を落とした。それを見た柳次郎が話題を転じた。

「本日、組頭のところに配下の者が呼び出されたが、なんとのう場が険しい雰囲気であったな」

「それがしはそなたの組頭なんぞ知らぬぞ」

「しっかりせぬか。話が変わっておるのだ」

「なんだ、さようか。で、組頭はなぜ険しいのだ、柳次郎」

女二人は茶を喫し、高麗せんべいを美味しそうに食べていた。

「城の雰囲気を知るのは組頭だけだ。その組頭が、訓示を終えて雑談になったとき、ふと洩らされた。なにかとんでもないことが起こりそうな気がするとな」

「どういうことだ、柳次郎」

「組頭さえ分かっておらぬことを、われら組下に理解がつくものか。ただ、この飢饉だ、危難がひたひたと江戸を取り囲んでおるというのに、幕府はなんの策も手立ても講じておらぬということだ」

柳次郎が伝えた組頭の言葉に三人はそれぞれ同感だったが、なにが起こるかなど想像もできなかった。

ただ昼前の長閑な刻が北割下水に流れていた。

三

江戸から遠く離れた豊後関前藩の城内の御用部屋で、国家老坂崎正睦は、江戸藩邸中居半蔵から届いた書状を何度も読み返していた。

文面によれば、関前藩江戸藩邸内になんら大きな難題が生じているわけではなかった。

天明の大飢饉の最中、関前藩は物産事業が順調なこともあり、藩主福坂実高の参勤下番の費えを城下の商人に借り受ける要もなかった。

関前城下から藩船で摂津大坂まで船行し、東海道を下ることになる参勤交代の一度の費えは、およそ九百数十両、下番は参府とは反対の行程を辿るが、こちらもおよそ千両近い金子を要した。

この十年ほど、商人から借り入れすることなく参勤交代が叶うのも、藩の物産事業があればこそだ。それに関前と摂津間の往来は、藩の所蔵船を使用できたため、なんとも恵まれた参勤交代であった。隣国の藩では、

「豊後関前、左手団扇、煽げば煽ぐほど銭が降る」

などと羨ましさをこめて揶揄した。

中居半蔵の書状には、摂津大坂に藩船を回すおよその期日が認めてあった。ために正睦は、藩船で上方に運ぶ領内の海産物、関前紙、関前唐桟などの品揃えを始めたところだった。

関前紙や関前唐桟の木綿物は、海産物のほかに安定した供給ができるように数

年前から試作し、なんとか商品らしい仕上がりになっていた。そこで、江戸で売り出す前に上方の反応をみようとの初めての出荷であった。

藩船の出立は、実高一行の江戸出立が四月末日となるため、五月に入ってからでも十分に間に合う算段だった。

「参勤下番に差し障りはなし」

正睦は書状を手に独り言を呟いていた。

御用部屋の隣部屋に控える若侍が、

(ご家老の独り言が出るときはご機嫌の印)

とにんまりしたことに正睦は気付かない振りをした。

また書状には、実高が、鎌倉の東慶寺に入ったお代の方のことを時に口にするとあった。

お代の方が自らの所業を悔いて尼寺に入ってから、一年ほどが過ぎていた。

実高がお代恋しと思う気持ちは、正睦にも察せられた。

(長年連れ添うた夫婦というもの、そう易々と思い切れるものではない)

ことを正睦も重々承知していたからだ。

だが、藩主の奥方が尼寺に入るには、それなりの理由があってのことだ。その動静を家臣らがじいっと窺っていることも承知していた。また一方、実高と側室お玉との間に天明三年の初冬に男子が誕生し、高太郎と命名され、すくすくと育っていた。お玉が懐妊した前後、実高は、豊後国日出藩の木下分家の次男俊次を養子にもらい、すでに幕閣の然るべき筋にも跡継ぎの一件を届け、俊次が実高の跡継ぎになることが決まっていた。

正睦は、高太郎が誕生したあと、実高に、

「実高様の跡継ぎは俊次様のままで宜しゅうございますな」

と念を押していた。実高からは、

「念には及ばぬ。予の跡継ぎは俊次である。俊次の跡継ぎは、俊次の子にするか、高太郎にいたすかは先々俊次が決めることじゃ。世継ぎ争いなど許さぬ」

との確約の返答を得ていた。

実高とお代の方が再び相見えるには、もうしばらくの月日を要するだろう。正睦は書状から眼を上げた。

中居半蔵は、鎌倉との縁を保つとしたら磬音しかいないとも記してきたが、同時に幕府内の、

「政情不安」

ゆえ、磐音にさような頼みはできぬとも認めてきた。

磐音はもはや豊後関前の藩士に非ずと頭の中では割り切っていた。だが、実高が未だ磐音を家臣と思い、磐音もまた実高を唯一無二の、

「主」

と思っていることを正睦は承知していた。

磐音を取り巻く政治状況は、とても旧藩のために刻を割く余裕がないことを物語っていた。

昨年、藩船に同乗して江戸入りし、久しぶりに江戸を肌で感じた。その折り、老中田沼意次と意知父子の、

「幕政壟断」

に拍車がかかっていると実感させられた。

そんな中で田沼父子の、

「尚武館憎し」

の念は日々強くなっていた。

西の丸家基暗殺以来の両者の因縁であった。

小梅村に再建された直心影流尚武館坂崎道場に、あの手この手で道場潰しの策

が弄されている実態を見せつけられた。

天下の老中、若年寄父子になんとか抗していられるのは、磐音率いる門弟衆の結束の強さにあった。その背景には、田沼父子に対する幕臣あるいは江戸町人の反感の念があり、それが支えになっているのだと、正睦はわが子の戦いを分析していた。

ともあれ、旧主の奥方の処遇までただ今の磐音に負わせるのは酷というものだ。半蔵もそのことは承知で、

「それがし、お代の方様の信頼、磐音の半分もないゆえ手が出ませぬ」

とわざわざ付記してきていた。

お代の方の一件はしばし歳月を要するだろうし、そのことを決めるのは実高様とお代の方様自身だと、正睦は改めて気持ちを整理した。

悦ばしいことが、二つ記されてあった。

一つ目は磐音とおこんの子、空也と睦月が病一つせずに育っている知らせであり、二つ目は実高の跡継ぎ俊次が謙虚に藩政を学び、尚武館で剣術の稽古をしつつ、日々弛まず心身を鍛えているというものであった。

中居半蔵は最後に、参勤下番が終わったあとに、なんとしてももう一度江戸へ

物産を積んだ藩船を差し向ける要があると説いてきた。

正睦はすでに品集めには目算をつけ、着手していた。野分が来る前になんとしても一往復、藩船を江戸へと差し向けることだ。そうすれば、天明の大飢饉が西国筋に広がったとしても関前では飢えた領民を一人も出さない自信があった。だが、それにはひと働きふた働きが要った。それに運が伴わなければなるまいと改めて思った。豊後関前から江戸への海上輸送は風次第、波次第であったからだ。

正睦が書状を畳み始めた気配に、

「ご家老、米内様方が控えておられます」

と隣部屋に控えた家臣が正睦に声をかけた。

普請奉行米内作左衛門は、石垣の一部が過日の長雨で崩れ落ちた修繕の見積りを上げてきたのだ。

「通せ」

三十一歳の米内は、親の代からの同職で、城の建築修繕、石垣保守などを担当してきた。家禄は七十五石と低かった。

二人の配下を伴っていたが、その者たちは控え部屋に待たせた。

「ご家老、遅くなりまして申し訳ございません」

緊張の様子で国家老の御用部屋の隅に控えた。

「足場を組んで調べたそうじゃな。難儀したであろう」

はっ、と応じた米内は、

「堀越しに見るより石垣の壊れは酷うございました。高さ一丈八尺（約五メートル）の石垣が幅二十七間三尺（約五十メートル）にわたって堀へと崩れ落ちております。やはり水を抜かねばならぬか」

「やはり水を抜かねばならぬか」

「水を抜かずに作業するとなると費えがかかるばかりか、怪我人も出ることが考えられます」

「どれほどの費えと日数がかかる」

正睦は直截に尋ねた。すると米内が、

『内堀の石垣破損有様、修繕策及び見積もり書』

なる書き付けを差し出した。

正睦は書き付けを受け取ったが、それに眼を落とすことなく米内に目顔で催促した。国家老は書き付けよりもまず手短にして的確な口頭での報告を重視した。

「書き付けでは入り用か入り用でないか分からぬ」

と考え、まず担当の者を呼び、直に報告させた後に書き付けを読むことを望んだ。むろんこたびの石垣崩壊の現場にも正睦自ら足を運び、崩れ具合を確かめていた。

白鶴城とたたえられる関前城は関前の内海に突き出ていた。ために悪天候の折りは大雨と海風とが吹きつけてきた。

こたびの大雨は、雄美岬の方角から風とともに城の内堀に吹きつけ、石垣を崩落させた。

「水抜き、石積みの組み直しにおよそ二月と十五日、費えは三百十七両二分と算出いたしました」

「二月半か、梅雨にかかるな」

「はい。ゆえに梅雨明けに一気に堀の水を抜き、野分の季節の前には普請を終える所存にございます」

米内の返答は明快だった。

石垣の普請は気遣いの要があった。

徳川幕府のもと、一国一城との決まりのある城普請である。新たな石垣や曲輪の造成をすることに幕府は敏感だった。

だが、こたびは西国一円に降り続いた風雨の影響で内堀石垣の一部が欠損したのを補修するだけだ。

正睦が近隣の藩を内々に調べたところ、三つの藩で城の建物や石垣が崩れていた。その中でも関前藩の内堀の石垣崩れは、中程度の被害と見られた。

正睦は、早飛脚にて江戸藩邸の中居半蔵に石垣の破損を報告し、幕府に修繕願いを打診するよう命じていた。修繕願いは形式、許しを得るのはそう難しいことではないと判断していた。

「よかろう。普請の仕度を始めよ」

「壊れた石垣の石の八割五分は使えます。一割五分ほどの豊後石を石切場に注文しとうございます」

「許す」

正睦は石垣補修の許しを与えた。

話は終わった。

作左衛門が辞去しようとした。

すると正睦は、控え部屋にいた作左衛門支配下の二人を先に下がらせた。その
正睦が作左衛門に顔を向け直し、

「親父どのは息災か」

と尋ねた。

えっ、という驚きの声を作左衛門が洩らした。

七年前、作左衛門の父親は隠居し、倅に普請奉行の職を譲っていた。

国家老の正睦と家禄七十五石の普請奉行の父に昵懇の付き合いがあったとは想像もつかないという表情を作左衛門が見せていた。坂崎家と米内家では、身分も家格も違っていた。

「光由はそれがしとの付き合いを話したことはないか」

「いえ、一向に」

「光由らしいのう。相変わらず釣りに出ておるのか」

「はい、天気ならば必ず猿多岬北側の岩場に参ります。されど一度たりとも獲物を家に持ち帰ったことはございません」

「昔と変わらぬな」

光由も正睦も釣り上げた獲物はその場で解き放ち、海に戻した。

釣り糸を垂れて魚が餌に喰らいつく、その瞬間の手応えが好きだった。時に一言二言会話することはあったが、格別互いのことを気にかけることもなかった。

また釣りを楽しみながら、持参した酒を酌み交わしたこともあった。そのような付き合いが何年続いたか。

城中でそのようなふだんの付き合いの話が出ることはなかった。

「ご家老は父の釣りをご存じでしたか」

「中老時分、長いこと干されておったことがある。その折り、それがしも釣り糸を垂れて時を過ごしておった。光由はそれがしの釣りの師匠よ」

「驚きました」

「作左衛門、そなた、江戸勤番に出たことはないな」

話がいきなり転じた。

「ございません」

すべてを承知で正睦は作左衛門に念を押していた。

「まずは石垣普請を無事に果たせ。そして来春、江戸に向かう藩船に乗り込む心積もりをいたせ」

「それがし、普請奉行から転職にございますか」

「江戸藩邸内の藩物産所に勤めてみよ」

「それがし、普請方しか務めたことがございません」

「そなたの書き付けはどれも読んだ。当初の見積もりと期日が実際の普請と寸分も狂うたことがない。額も適正であった。出入りの職人、商人にも信頼されておる。そなたならば藩物産方も務められよう。殿にもお許しを得てある、中居半蔵にもすでに話してある。家禄もいくらかは上げられよう」

作左衛門の顔が引き攣っていた。しばし無言で正睦の言葉を噛みしめていたが、

「誠心誠意相務めまする」

「さて、そなたの後任じゃが、だれぞ推挙する者はおらぬか。普請場のことは普請方でなければ分からぬでな、身分など考えず適任者を選べ。数日、考える猶予を与える」

「はっ」

「光由に、近々隠居するゆえ、また釣りを教えよと伝えてくれぬか」

「ご家老が隠居なされるのでございますか」

「殿には前々からお願いしてある。じゃが……いや、なんでもない」

正睦は途中で言葉を呑み込み、作左衛門の驚きは安堵に変わった。

国家老坂崎正睦に代わり得る人材など考えもつかなかった。

本来ならば、嫡男の磐音が継ぐべきであった。だが、明和九年（一七七二）の

お家騒動の折りに磐音は藩を離れ、今では江都一の剣術家として日本じゅうに知られ、豊後関前藩家臣の誇りでもあった。

正睦の跡継ぎとして遼次郎(りょうじろう)が坂崎家に養子に入ったが、まだまだ家老職を継ぐには若すぎた。

「これにて失礼いたします」

米内作左衛門が喜びを押し隠して正睦の前から下がっていった。

正睦は、普請奉行の書き付けを文机(ふづくえ)の上に置いた。


小梅村の尚武館坂崎道場では朝稽古が終わっていた。

辰平と利次郎は、通い門弟の福坂俊次らを見送りに船着場に出た。船が出ていったあと、しばらく晩春の水面を眺めていた。

水面がきらきらと輝いていた。

二人は背後に人の気配を感じて振り返った。すると霧子が独り立っていた。

「霧子、どうした」

利次郎の口調が詰問(きつもん)めいていたのは、霧子の顔付きが険しかったからだ。

「なんぞあったか」

利次郎の問いに、霧子は否定も肯定もせず黙って立っていた。

「霧子、ここにおる三人は生死をともにしてきた間柄じゃ。兄弟姉妹以上の間柄ではなかったか。なんぞあれば、われらもそなたの悩みや苦しみをともに考えたいのだ。のう、利次郎」

辰平の言葉に利次郎が頷いた。

それでも霧子は黙っていたが、不意にぽつんと、

「佐野善左衛門様が登城なされました」

と呟いた。

「佐野様が登城なされたとな。なんぞ考えがあってのことと思うか、霧子」

利次郎が質（ただ）した。

「一昨日、松平定信様のお屋敷から出てこられた折りに一振りの刀を提（さ）げておいででございました。粟田口一竿子忠綱にございますそうな。本日、刃渡り二尺一寸余のその刀を差して登城なされたのです」

利次郎が何事か言いかけて、うっ、と咽喉（のど）を詰まらせた。

「尋常ではないな」

「辰平さん、本日非番であった速水左近様が急きょ登城なされ、その供揃えに紛

れて師匠が城中に忍び込まれました」

「そうか、霧子の懸念は弥助様のことか」

「利次郎、それだけではあるまい。佐野様がなにを考えておられるか、そのことだ」

「まさか老中田沼意次様を暗殺する気ではあるまいな」

「その懸念があるゆえ、速水左近様が急ぎ登城なされ、弥助様が城中に潜入されたのであろう」

　利次郎の言葉に辰平が応じた。

「若先生の、われらの恨みはどうなるのだ、辰平」

「佐野様が老中田沼様を討ち果たすとは限らぬ。反対に、同輩の御番衆に返り討ちに遭うことが考えられる」

「とはいえ、城中で刃を振るえば佐野家は断絶、善左衛門様は切腹間違いあるまい。若先生はどうしておられる、霧子」

「ただ今は耐えて待つしかないとおっしゃいました」

　しばしの沈黙が三人を支配し、

「いかにも待つしか方策はない。利次郎、どのようなことが起ころうと、覚悟だけはしておこうぞ」

辰平の言葉に利次郎が頷いた。

三人の想念に死が渦巻いた。

四

昼九つ（十二時）の刻を告げる茶坊主の声が弥助の耳にも届いた。

このとき、継裃姿の弥助は、黒書院と老中、若年寄ら重臣の御用部屋近くの床下に潜んでいた。

異様な静寂が膨らんで濃密ななにかへと変わろうとしていた。

なんなのか、異変の予兆なのか、それとも久しぶりに潜り込んだ城中の緊張が弥助の感覚を狂わせているのか。

（動くか、このまま待機するか）

影の者が床上に抜け出すためのいくつかの「孔（あな）」が城中に設けられていた。

弥助はそのときに備え、継裃で床下に潜り込んでいた。ために床上に出ても一時ならば見破られない行動をとる自信があった。騒ぎの中ならば、どのようにも行動できた。

　武家の集団でありながら、もはや戦国時代の荒ぶる魂も過敏なまでの注意力も薄れ、表に務める武士集団は、

「官僚」

　に成り下がっていた。

（よし、奥へと進む）

　と肚を固めた。

　老中の御用部屋を迂回して桔梗之間に向かおうとした。新番組頭、番医師、女中付の用人の殿席には「孔」があった。

　速水様は、殿中席の芙蓉之間におられるか。いや、非番日の登城ゆえ中之口の下部屋に控えておられると、弥助は思い直した。

　そのとき、行く手に立ち塞がる影の気配を感じた。その影は動きを止め、気配を消した。だが、相手がこちらの動きを摑んでいることを弥助は察知していた。

　床下の闇の中で相手の気配を読んだ。

　一人だった。ただ一人だけで待ち受けていた。

　影の者が動くとき、単独で行動することはまずない。控え、さらにはその控え

組と、二重三重の輪で包囲するのが常だ。なにしろ城中の床下や天井裏は、影の者たちが支配する「縄張り」内だった。

それが一人とは、弥助のように城外から忍び込んだ者か。

行動せよと、なにかが弥助に命じていた。だが、そのためには行く手の影を排除しなければならなかった。

佐野善左衛門の行動を阻止するために、昔の仲間かもしれぬ影の者を始末するのか。

弥助は一瞬迷った末に決断した。

坂崎磐音を頭とする尚武館の面々の臥薪嘗胆を、佐野の勝手な行動で無にされてはならなかった。また、佐野が衝動的に動けば、尚武館に、坂崎磐音に老中田沼意次は牙を剝いて襲いかかってくるだろう。

ただ今の幕府を意のままにする老中田沼意次は、これまで表立って尚武館との争いの場に身を晒したことはなかった。必ず愛妾のおすなや嫡子の意知を経て、手の者を差し向けてきた。

だが、佐野が城中で動けば、必ず老中は尚武館と結び付けて考える。それに今一つ、松平定信も破滅させられるだろう。

弥助は着慣れない継裃の腰に携えてきた刀の鯉口を切り、闇の中で待ち受ける影へにじり寄ると、数間に迫った。佐野善左衛門登城の報せを霧子から受けたあと、佐野家に忍び込んで盗んだ刀だ。善左衛門が本当に粟田口一竿子忠綱を腰に差して登城したのか確かめようと入った部屋で、弥助は刀簞笥にあった別の一振りを持ち出したのだ。

互いが、影の者の発する静かなる呼吸を読み合った。

相手が不意にこより火を灯した。わずかな灯りだが、互いが正体を知り合うには十分な灯りであった。

「継裃姿の弥助親父どのとはな」

黒装束の忍び衣の声に驚きがあった。

弥助はこより火を頼りに黒覆面の眼を見た。相手が影の者の掟を破り、顔を曝した。

「藪之助か」

久しぶりの対面であった。

「弥助どの、そなたの噂は耳に入っていた。潜入先で始末されたという噂が仲間内に流れたのは五年以上も前のことか。われらの務めは、死と隣り合わせ、なんの不思議もなかった」

藪之助の親父與造と弥助は行動をともにすることが多かった。弥助は與造から影の者の生き方のすべてを習ったと言ってもよい。その與造は、薩摩領内に潜入し、行方を絶った。はるか昔の話だ。藪之助は弥助を父親代わりに影の者に育った。

「親父と同じ運命を辿ったと考えておった」

藪之助が哀しげな声音で言った。影の者が感情を表すことはまずない。

「いつの頃か、弥助どのが生きておるとの話を聞かされた。さる剣術家と行動を共にしておるとの噂も耳にした。まさかと思うたし、いい加減な風聞であろうと考えておった。噂は真であったか」

「許せ、藪之助」

「許すことなどできようか」

「藪之助、わしの務めを阻むというなれば、そなたと刃を交えねばならぬ」

弥助が與造から影の者の技を伝授されたように、藪之助は弥助から與造直伝の技を伝えられていた。

「藪之助、そなたらの体面を汚すつもりはない。見逃してくれぬか」

「勝手な言い分をぬかすでない。おれはおれの務めを果たす。そのことを弥助どの、いや弥助、おまえから教わった」

藪之助の低声(こごえ)は初めて憎しみに塗(まみ)れて聞こえた。こより火が吹き消された。

闇の中での戦いになった。

弥助は藪之助の動きを読んで突き進んだ。動くと見せかけ、その場で弥助を待ち受けていると推測した。なぜならば、藪之助の背後に表に抜け出る「孔」があったからだ。弥助が「孔」を必要としていることを継裃が物語っていた。

磐音はそのとき、一人だけ朝餉と昼餉(ひるげ)を兼ねた膳(ぜん)の前についていた。おこんが給仕をしようと姿を見せた。

「おこん、すまぬ。茶だけを喫したい」

おこんがなにかを言いかけ、口を噤(つぐ)んだ。

亭主の顔にこれまで見たこともないような険しさがあった。それは恐怖とか不安ではない。だれかが危険に晒されていることを懸念する顔だった。

磐音は茶を一口二口喫すると、膳に置いた。

「舅(しゅうと)どのはどうしておられる」

話を変えた。

「空也と台所で昼餉を食しております」

磐音が頷いた。しばしの沈黙のあと、

「舅どのを小梅村に引き取ることはできぬか、おこん」

「私も何度も願いました。ですが、おっ母さんが死んだ深川六間堀の家でわしも生涯を終える、それが望みだと言うのです」

「そうか」

「おこんが生まれ、おのぶが亡くなった家をどてらの金兵衛が守らないでどうする、と言われたとき、私は諦めました」

「少しでも長く息災で小梅村に通うてきてほしいものじゃ」

「それしか望みはございません」

さばさばと応じたおこんが、箸のつけられていない朝餉と昼餉を兼ねた膳を下げていった。

磐音は仏間に入ると灯明をつけた。

佐々木家の先祖代々の位牌と、それに磐音が金兵衛長屋で木端板に自ら認めた小林琴平、河出慎之輔、舞夫婦三柱の粗末な位牌に手を合わせた。だが、胸中でなにも願ったり、祈ったりはしなかった。

ただ手を合わせていた。

おこんが新たに淹れ替えた茶を運んできて、仏間の磬音に気付き、立ち竦んだ。

なにかが起ころうとしていた。それが磬音とおこんの宿命だった。


速水左近は、その刻限、江戸城の通用口の一つ、中之口の下部屋に控えていた。

その下部屋は本丸御殿南東にある中雀門から北へ進むと長屋門があり、その手前、中之口門の西側にあった。

中之口門には番所があり、門を過ぎて突き当たりに中之口があって大廊下に通じていた。

中之口まで両側に、奏者番、高家、大目付、町奉行、勘定奉行などの役職の控えの間ともいうべき下部屋があった。

だが、月番にあたる役職の面々は表の御用部屋に詰めて、下部屋はがらんとしていた。

速水左近はいつも以上に静かな空気が漂っているのを感じ取っていた。異変が起こる予兆であることは、だれよりも察していた。

弥助を自らの手で城中に送り込んだ以上、なんぞ起これば、身の始末はつける覚悟はできていた。

だが、佐野善左衛門などという新番士の、感情に任せての行動が騒ぎのきっかけになるとしたら、その後の展開の予測はつかなかった。

速水は、

（政とは不意に動くもの）

と考えていた。

穏やかな水の流れが、その上流で降った雨によって突然激流に変わるように、一瞬にして局面が変わるものだと考えていた。

家治の御側御用取次を務めてきた速水左近は、田沼意次の才をだれよりも認めていた。的確な判断と果敢な実行力を兼ね備えた政治家であることを知っていた。

だが、田沼意次のもとにすべての権限が集中したとき、田沼意次の政治家としての才は、別の側面を持ち始めた。権力を手中にした者が陥る、

「罠」

に嵌ったのだ。

自らの座を脅かす者を排除し、自らが手にした権力をわが子意知に継承させよ

うとしていた。それが奏者番から若年寄への慌ただしい就任だ。

田沼政治の弊害がすでに出ていた。

あたかも浅間山の大噴火をきっかけとする、奥州一円を襲った大飢饉は、江戸に迫ろうとしていた。米の値段を安定させ、飢えに苦しむ者を一人でも多く救うべき人物が、わが子に権力を継がせようと必死にもがいていた。

幕臣なら行動せねばならぬときだった。だが、猟官に走り、自らの家系図を田沼に貸し出し、金品を贈り、未だ昇進の沙汰がないと失望した佐野善左衛門の振るう刃が、

「政道を正す」

とは考えられなかった。

なんとしても佐野の暴挙は止めねばならなかった。そして、その行動が他人に波及することを阻止せねばならなかった。

速水左近は、下部屋の中でぽつねんと独り座し、無力感に苛まれていた。

（なんぞ打つべき手はないのか）

ふと、表の奥のほうに視線を向けた。

奥のほうでなにかが弾けたのを感じた。

速水左近は刀を手に立ち上がった。

(事が起こったか)

弥助は床下の闇の中で刀を抜くと、中段に構えて中腰のまま進んだ。

相手の藪之助は動いていない。不動の姿勢で弥助が襲いかかるのを待っているはずだ。

闇の中では敏捷(びんしょう)に動くより不動の姿勢で待ち受けるほうが有利だった。影の者同士の戦いなのだ。相手の手の内は知り尽くしていた。

時は藪之助に味方していた。

一方、弥助には、わが子同然の藪之助を斃(たお)して、表で起こるやもしれぬ騒ぎを阻むか、あるいは起こったときには、

「始末」

をつける務めが待っていた。

弥助はじりじりと進んだ。

藪之助を間近に感じ取っていた。

構えた剣を不意に立てた。

闇の気が揺れた。

その瞬間、藪之助が動いた。気配が弥助の右手に走った。

弥助はじりじりとした中腰の歩みを止めなかった。

また闇の中で気が揺れた。元に戻ったか。

藪之助が弥助を攪乱していた。

弥助は中段の刀を胸元まで引いた。

三度藪之助が動きを見せ、弥助の左手に飛んだ。

その瞬間、弥助は、最後の一歩を踏み出すと同時に、手前に引いていた刀を闇の中へと一気に突き出した。

うっ
と呻き声がして、弥助の手が確かな手応えを感じ取った。

弥助は藪之助の息遣いと温もりを感じていた。

「や、弥助親父」

「藪之助」

「負けた。お、おれは親父を抜けなんだか」

「影の者に勝ち負けはない。互いに務めがあるだけだ。それがわれらを衝き動かすのだ」

弥助は藪之助の胸に突き立てた刀を抜きながら横手に飛んだ。血飛沫がかから
ぬようにだ。

どさり
と闇を揺らして藪之助が崩れ落ちた。だが、藪之助は絶命していなかった。

「や、弥助親父」

断末魔の中で藪之助が呼びかけてきた。

「親父が行をともにするのは、尚武館の主か」

「承知していたか」

「ろ、老中田沼様と戦いを繰り返されておられるお方じゃな」

「いかにも」

「西の丸家基様の仇を討つためか」

「仇討ちではあるまい。先代の佐々木玲圓様が家基様に殉じられたはたしかなこ
とよ。とはいえ、先代の仇討ちでもあるまい」

「なぜ坂崎磐音様は、田沼様と戦うておられる」

「推測じゃが、佐々木家に託された秘命かと思う」

「佐々木家はなんぞ秘命を持たされた家系か」

「わしが推測するだけだ。坂崎磐音様は玲圓様の遺志を継がれていることだけはたしかじゃ」

「坂崎様の配下の親父が城に上がったということは、老中田沼意次様を暗殺するためか」

「いや、その行動を起こさんとする者を阻むためだ」

「分からん」

「分かるまい」

「お、親父、た、田沼意次様は……」

「なんじゃと」

ふうっ、と息を吐いた藪之助がことりと息を止めた。

（藪之助、なにを言いたかったのか）

弥助は血塗れの刀を鞘に戻すと、闇の中で合掌した。そして、床下の闇の一角に丁重に運んで隠した。弥助は藪之助の遺髪を切り取ると懐紙に包んで、

（許せ、藪之助）

と詫び、「孔」に向かって進んでいった。

新番所前廊下と表御祐筆之間(おもてごゆうひつのま)の床下を東に向かうと桔梗之間があった。ここには番医師らが控えていた。

「孔」は、桔梗之間の二之間の、いつも屛風(びょうぶ)が立てられている背後の半畳の畳の下にあった。

弥助は気配を探った。

最前、弥助が感じた濃密に膨らんだなにかはもはや感じられなかった。

(勘違いであったか)

となれば、倅同然の藪之助を無益にも殺害したのか。

弥助の胸に悔いが生じたとき、茶坊主の声が床下に伝わってきた。

「若年寄衆、御城下がりの刻限にございます」

ということは、老中方はすでに退出したということではないか。

桔梗之間でだれかが動いた。

弥助は動けないと思った。

若年寄部屋から若年寄ら数人が御廊下に出た感じがした。そして、見送りの役人が勢ぞろいした。

静寂がまた城中表を支配した。

次の瞬間、騒ぎが起こった。
それは弥助の考えを覆すものだった。

第三章　五人の若年寄

一

この日、若年寄で登城していた月番は、次の五人であった。

出羽松山藩二万五千石酒井石見守忠休、武蔵金沢藩一万二千石米倉丹後守昌晴、遠江掛川藩五万石太田備後守資愛、伊勢八田藩一万石加納遠江守久堅、そして、新任された遠江相良藩四万七千石田沼意知であった。

若年寄とは、老中の補佐役であった。また老中支配以外の諸役人と旗本を統括するのも職掌の一つであった。

大名役で、およそ一万石から三万石が大半を占め、月番制であった。役料はないが、若年寄を務めたあと、三分の一ほどが側用人、大坂城代、京都所司代、老中に昇進した。

　老中と同様に、御納戸口近くに下部屋があり、また老中の御用部屋に隣接して執務部屋があった。老中と若年寄の関係はまるで、

「家臣」

　のようであり、上席の老中は多忙のみぎり、御用部屋に手隙の若年寄を呼びつけ、用を足させた。

　その折り、若年寄は老中に向かい、

「おまえ様から仰りつけの御用承りたく」

などと敬うのに反し、老中は若年寄を、御自分と呼ぶのはよいほうで、

「おまえ」

　と呼び捨てにした。

　一方若年寄から老中に要望などできるものではなかった。幕閣中枢の重職でありながら、老中と若年寄とでは雲泥の差があった。

　この日、月番にあたった五人の若年寄のうち、先任は宝暦十一年（一七六一）に補職された酒井忠休であった。正徳四年（一七一四）生まれの酒井は、七十一歳の老齢であり、若年寄再役でもあった。いわば若年寄の主のような古強者で、

その職掌に通暁していた。

二番目の加納久堅は正徳元年（一七一一）生まれゆえさらに年上、七十四歳であった。若年寄への補職は明和四年（一七六七）のため、酒井より三歳上だが補職は六年ほど遅かった。

米倉昌晴の領地金沢藩は享保七年（一七二二）、下野国皆川藩主米倉忠仰が武蔵国久良岐郡六浦に陣屋を移して成立した譜代小藩だ。

太田資愛は、元文四年（一七三九）生まれの四十六歳であり、奏者番、寺社奉行を経て、若年寄に天明元年（一七八一）に補職されていた。

田沼意知は、寛延二年（一七四九）生まれの三十六歳、老中職の父田沼意次の領地を拝借しての若年寄就任であった。むろん年齢も一番若い。

五人の若年寄の力関係を慣例に従い述べるならば、先任の酒井が御用部屋ではすべてを主導し、老中にお伺いを立てる役目を務めるのが通常であった。

一方、天明三年十一月に大名職の任であるはずの若年寄に就任した田沼意知は、部屋住みのまま補職されるという先例のない昇進であった。

さらに言えば、天明元年十二月、意知が奏者番に就任した折りも、言うまでもなく家督を継いでいない部屋住みの者がその役に就いていた。そのような例はなく、例外中の例外と評判を呼んだ。

　二度にわたる異例の奏者番就任、若年寄補職は偏に父が老中田沼意次であったゆえの特例であり、補職時に蔵米五千俵を意知は賜った。さらにこの新参者は、雑用の月番を免除され、いきなり奥向き兼帯の若年寄に任じられたのだ。

　父意次も奥兼帯の老中、子の意知も奥兼帯の若年寄、城中のすべてを父子で掌握したといってよい。意知の若くしての奏者番、若年寄への「栄達」の中で唯一の変化は、

「老中、若年寄の父子同居は宜しからず」

という幕府の意向で、意知が神田橋から木挽町の下屋敷に移ったことだ。だが、これとて形式にすぎない。

　意知は、古強者の酒井や加納ですら扱い難い新参者であった。繰り返しになるが、父田沼意次が幕政の全権を握り、歴然とした力を示しているのだ。その老中に何人たりとも逆らえない。世間では、

「田沼様には　及びもないが　せめてなりたや　公方様」

　とわらべうたにも歌われるほど、父子の力は絶頂を極めていた。

　この日、昼食の折りも、酒井が太田に、

「太田どの、田沼様に茶を」

とわざわざ命じた。

幕閣の中で長年生き抜いてきた酒井には、

「長いものには巻かれろ」

という諦観と保身の気持ちがあった。ただ今の田沼父子に逆らってなにもよいことはない。そんな考えがこの言葉になった。

太田にしてみれば、若年寄先任は自分であり、就任五月足らずの田沼意知が率先して動くべき務めである、という思いが胸に渦巻いていた。

酒井爺も爺ならば、それを当たり前のように受け止める田沼意知が憎くて憎くて仕方がなかった。だが、背後に控える老中の絶大な力が、

「はっ、畏まりました」

と太田をして返答させたのだった。

このようなときは元禄十四年に感情を爆発させた赤穂藩浅野内匠頭の運命を思い出すことにしていた。浅野は一時の激情により身は切腹、藩は取り潰しになった。だが、憎しみの相手の高家吉良上野介にはお咎めなく、そのことが浅野家臣団の吉良邸討ち入りに繋がった。世間では手放しで、

「赤穂浪士四十七士は武士の誉」

と称賛したが、ことの始まりは切腹と御家取り潰しであった。

もはやそのような時代ではない。太田は屈辱に耐えて、茶坊主が淹れた茶を田沼意知のもとに、

「田沼様、茶にございます」

と差し出した。意知はただ、

「うん」

と頷いたのみで、太田資愛を一顧だにしなかった。

太田は、意知の奏者番から若年寄への昇進は、父である老中田沼意次の、

「跡目」

を継ぐ手順にすぎないのだとひしひしと感じていた。それは、父が致仕したのちも倅の意知がその全権を引き継ぎ、

「田沼時代」

を継承することを意味した。それには裏付けもあった。

天明三年十一月七日、意知は将軍家治の目黒筋御成にお供し、さらに十二月十三日の小松川筋御成にも随行していた。新参の若年寄が奥勤めを兼任する、

「披露目」を意味すると世間では見られた。

さらに数日前には、築地に新築していた屋敷の普請も終わり、近々登城前対客を始めるので、意知の屋敷に挨拶に出るようにという触書が回っていた。

時代時代で力のある老中、若年寄、御用取次らの重職にのみ許された対客であった。

その触書が先任の太田資愛のところにも回っていた。同じ若年寄の新参者に挨拶せよと、まるで臣下の扱いだった。

（部屋住みがなぜ若年寄に就けるのか）

太田は胸中の憤怒を面に表さぬよう、感情を抑えて引き下がった。その視線の先で、弁当を使う意知が茶碗を無造作に摑んで、片手飲みする姿が見えた。

田沼意知と同席する折りは、太田の疲れはふだんの何倍にもなった。

「ご老中方、下城にございます」

の触れ声が廊下から響いて、太田資愛は、ほっと安堵した。

老中が下がれば、若年寄も次いで下城できるからだ。

「酒井どの、それがし、いささかほかに御用ありて居残りをいたします」

と年上の加納久堅が先任の酒井忠休に願い、

「ご苦労に存ずる」

と酒井が応じた。さらに米倉昌晴が加納を手伝うために残り、酒井、太田、田沼の三若年寄を御用部屋から送り出すと杉戸を閉めた。

加納は顔には出さなかったが、田沼父子の専横を快く思っていなかった。ゆえにいっしょに下城することを、御用を理由に避けたのだ。そして、米倉も加納の手伝いという名目で執務部屋に残ることにした。

執務部屋を出た若年寄三人は、新番所の前を通ることになる。

そこには大目付、勘定奉行、作事奉行、小普請奉行、留守居番、町奉行、小普請支配、新番頭、目付ら十六人もの役人らが、若年寄を見送るために居並んでいた。

弥助は桔梗之間の二之間の屛風の背後にある半畳の畳を上げて、忍び出た。そして、その場にしばらくじいっとして、辺りの気配を窺った。

緊張から解放されたらしい安堵の気配が表に満ち満ちていた。

若年寄の先頭をいつしか田沼意知が歩き、酒井、太田の二人が従うように続いた。三人はさらに四十畳の中之間から三十六畳の桔梗之間を通って退出することになる。

田沼意知は、見送りの諸役人になど注意も向けず、築地に普請させた屋敷の検分に下城の途次立ち寄るかどうか、漠然と考えながら桔梗之間に差しかかった。

新番所前には新番頭蜷川相模守配下の番士五人が控えていた。むろん老中、若年寄の警護のためだったが、城中のことだ、だれからだれを警護するというわけでもなかった。今やその職分は老中、若年寄ら重臣の見送り、儀礼と化して久しかった。

番士五人とは白井主税(しらいちから)、田沢伝左衛門(たざわでんざえもん)、猪飼五郎兵衛(いがいごろべえ)、万年六三郎(まんねんろくさぶろう)、そして佐野善左衛門である。

猪飼五郎兵衛は、左隣に控える佐野善左衛門の右拳がぶるぶると震えるのを見ていた。そのとき、猪飼は、

(佐野政言め、番頭蜷川様からこっぴどく叱られおったからな。今度ばかりはきついお咎めが下ろうな)

と拳の震えの因(もと)をそのように見ていた。

佐野善左衛門は、最前老中を見送った折り、田沼意次に対して事を起こせなか

った己の情けなさを悔いて身を震わせていた。

眼前をゆったりと歩を運んでいった田沼意次に対し、数々の恨みがあった。

佐野家は、田沼家の主筋の家柄なのだ。それが証に、老中まで成り上がった田沼は、佐野家の家系図を借りて返そうとはしないのだ。これまで幾たびにもわたり、

「家系図を返却するか、それに見合う栄進」

を願ってきた。

だが、田沼父子は、佐野善左衛門をときに無視し、ときに言を左右にし、虚仮にして、なんら願いを聞き入れようとはしなかった。ゆえに事を起こすべき秋に至れりと、腰に一剣粟田口一竿子忠綱を差し落としていた。だが、大目付ら重役方が田沼意次に向ける緊張と畏怖の念に身を竦ませ、事を果たせなかった自分が情けなかった。

ならば若年寄に新任された倅の田沼意知に刃を向けねば、なんのために登城してきたか意味がない。懐に用意した斬奸状には、

「勤功の家柄の者を差し置き、天下御人もこれなきように、部屋住みより若年寄に抜擢せしこと」

と老中田沼意次の罪を十七条書き連ねていた。

三人の若年寄が番士五人の横手に差しかかった。

下士の新番士に視線を向ける者などいなかった。

猪飼は、佐野がすいっと前に出たのを感じた。

（こやつ、なにをする気か）

と考えながらも咄嗟（とっさ）に動くことは叶わなかった。

「山城守（やましろのかみ）どの、佐野善左衛門にて候、御免！」

甲高い大声が桔梗之間に響いた。

だが、言葉の意味するところを理解した者はだれ一人いなかった。

佐野が腰の一剣粟田口一竿子忠綱を抜くと、無意識に振り返る田沼意知の肩口に振り下ろした。

避ける間も、防ぐ手立てもなかった。意知は初太刀で肩口に長さ三寸、深さ七分ほどの傷を受けた。

（なぜかような仕打ちを受けるのか）

意知は起こったことの理解がつかなかった。ただ、恐怖心に支配されていた。

咄嗟に、もと来た中之間に逃れようとした。そして、

（悪夢でも見ているのか）

と考えた。

全身に走った痛みが現の出来事であることを告げていた。

肩口からぬるりと血が流れ出るのを意識した。

（逃げねば）

と動転した頭で考えた。

刃傷に及んだ佐野善左衛門もまた、

ぷつん

と抑制していた感情が弾け飛んで、何事かを叫び続けながら、二の太刀を送り込んだ。だが、腰の据わった二の太刀ではなかったために意知の体には届かず、刀が柱に食い込んだ。

（うむ、不覚なり）

城中での突然の刃傷騒ぎにだれもが動けなかった。

もはや大名にも旗本にも、戦場往来の武士の豪胆沈着は残っていなかった。戦いが終わって二百年に近い歳月が過ぎていた。

いや、一人だけ見送り衆の中で、

（もしや）

と佐野の行動に気付いた者がいた。大目付松平対馬守忠郷だ。

（近々事が起こる）

と申された御仁の言葉が、眼前で展開されているではないか。

時が止まったような城中で、田沼意知がよろよろ逃げ惑い、興奮した佐野善左衛門が柱に食い込んだ刃を抜くと、意知に追い縋った。

同行の若年寄酒井忠休は、しばし立ち竦んだあと、咄嗟に羽目之間から御祐筆詰所に逃げた。意知に降りかかった危難を止めるよりも、己の身の安全を考えた振る舞いだ。そして、その行動に引きずられるように太田も従いながら、

（われらに向けられた刃ではない）

ことを察していた。襲撃者は、

「山城守どの、佐野善左衛門にて候、御免！」

と叫んだのだ。そして、さるお方の屋敷での集いのことを考えた。

（ひょっとしたら）

刃の切っ先は、明らかに田沼意知に向けられていた。

ならば逃げる要もないと迷いながらも、逃げていた。

同行の若年寄二人のこのときの行動は後々、乱心者を取り押さえようとはせず、意知を庇おうとしなかったとして責められることになる。

だが、酒井と太田だけが無力であったのではない。その場にあった幕府の大目付をはじめとした役人のだれ一人として冷静なる行動を取れなかったのだ。立ち竦んで事を傍観するか、ただ無闇に叫び声を上げていた。

よろめき逃げる意知の足の運びは覚束なかった。肩口の一の太刀の影響もあったが、突然降りかかった刃傷に動揺したことが足の運びを緩慢にしていた。

（あの者、佐野善左衛門と名乗らなかったか）

意知は見送りの諸役人に助けを求めて眼をさ迷わせた。だが意味不明な言葉を叫び合うだけで、無益に右往左往していた。

若年寄の執務部屋に残った加納久堅と米倉昌晴は、杉戸の向こうで起こっている騒ぎを比較的平静な気持ちで受け止めていた。

加納は、事が起こったと考えた。

一方、米倉は咄嗟に杉戸に走り、戸を開けようとしたが、

「丹後どの、無用じゃ。戸を開けてはならぬ」

と加納が制止した。

「われらの与り知らぬことにござる。騒ぎを知らぬのだ」

先任若年寄の顔には、なんとも複雑な感情が浮かんでいた。なにが杉戸の向こうで起こっていようとも、

「気付かなかった」

ことにするのがなにより大事と加納の顔は米倉に教えていた。

いかにもさよう、と呟いた米倉は、杉戸を手で押さえた。危難が執務部屋に降りかかるのを防ぐためだった。

よし、というように加納が書き付けに眼を落とした。

善左衛門は逃げ惑う意知に追いつくと、三の太刀を振るった。羽目之間でのことだ。

意知が悲鳴を上げていた。

そのことが善左衛門を一瞬裡に冷静にした。

「止めを刺す」

つもりであった。

振り返った意知の顔が恐怖に歪んでいた。無稽に振り回す手は血に染まってい

た。

　そのことを意識しながら佐野善左衛門は意知の腹部を突いた。だが、善左衛門の突きは、鞘ごと抜いた脇差で払い除けようとする意知の必死の抗いにあい、外れた。

　佐野善左衛門は、今や相手の動きが観察できていた。
脇差で払われた粟田口一竿子忠綱を、尻餅をつくように倒れこんだ意知の股に向かって突き立てた。それも二度。
二度にわたるこの突きがそれぞれ股に刺さった。この二太刀が意知に深手を負わせた。

　大目付松平対馬守忠郷は、だれよりも先に冷静さを取り戻した様子で、その場に立ち会った者がとるべき行動に出た。

　七十歳の大目付は、なおも血刀を振り回す襲撃者の背後から飛びかかると、羽交い締めにした。そこへ目付の柳生主膳正久通が加勢に駆け付け、佐野の手から血刀を取り上げた。

　床に押さえつけられた佐野は、

「己が意趣達成いたし候ゆえは、もはや手向かいいたしませぬ」

と神妙な声音で言った。

「お医師を呼べ」

「いや、意知どのを医師の部屋にお連れせよ」

「慮外者(りょがいもの)をこの場から連れ去れ」

怒号と悲鳴が表に渦巻いていた。

「柳生様、その血刀、お預かり致し候」

との落ち着いた声に、柳生久通が、

「うむ」

と応じて何者かに刀を渡した。その者の手には鞘があり、血刀を納めたのを見た。なんとも冷静な者かな、柳生は継裃の背をちらりと見た。

柳生が見た背は、桔梗之間に入って消えた。

二

下部屋にいた速水左近は表奥から伝わってくる異変に気付いた。咄嗟に、佐野善左衛門が老中田沼意次に刃傷に及んだと悟った。

（その首尾はいかに）

と思いつつも表奥に向かうことはしなかった。ただ、下部屋で刻を待った。

中之口の下部屋に駆け込んできた者がいた。

奏者番の補佐である添番の者だった。

速水左近はその顔に見覚えがあったが、添番の主の奏者番がだれか、思い出せなかった。

添番は、はあはあ、と弾む息を鎮めようと前屈みになって両手を膝にあてた。

「どうなされた」

速水左近が声をかけると、添番はびくりとして視線を速水左近に向け、

「あ、速水様」

と言った。

前職は御側御用取次という履歴だから、奏者番の中でも速水は顔の知られた一人だった。

「なにかござったか」

「た、大変にございます。老中田沼様が襲われましてございます」

「なんとな、田沼様が城中で襲われるなどあろうか」

「ま、真にございます。だれかは存じませぬが、田沼様を襲ったことはたしかにございます」

「で、田沼様のお怪我はいかに」

「何太刀も身に受けたとか、ただ今、お医師の手当てを受けておられるそうにございます」

「一大事にござるな。ご老中にもしものことがあればご政道に差し障りが出よう」

「速水様、上様のご信頼厚き田沼様にもしものことあれば、一大事どころでは済みますまい」

「いかにもさよう」

と応えた速水左近は、独り言を添番に聞こえるように呟いた。

「それがし、いささか御用ありて下部屋にて待機しておったが、さような異変が起こったからには表に上がること叶わず、このまま下城したほうがよさそうじゃ」

田沼意知の応急手当てに当たったのは、峰岸春庵瑞興、天野良順敬登の二人の医師だった。

　止血を始めたが、肩口の傷より両股の突き傷が深く、なかなか出血が止まらなかった。

　意知は痛がって呻き、叫んだ。意識が朦朧としているようで、治療する場に慌ただしくも田沼意知のお付きの者たちが出入りして治療の具合を見守っていた。

　だが、だれ一人としてその行為が治療の邪魔にこそなれ、なんの助けにもならないことに気付いていなかった。ただおろおろとして、時折り互いに何事か話し合っては治療の場から出ていき、また戻ってきた。

　天野良順は、桂川甫周国瑞と同門で、植物学者にして蘭医のツュンベリーの門弟として長崎でともに学んだ仲だった。

　ゆえに外科手術には長けていた。峰岸と協力し傷口の縫合手術を始めようとしたとき、治療の場に新たな人物が入ってきて叫んだ。

「お医師どの、止血を急ぎなされよ。意知様を神田橋に連れ帰る」

「そなた様は」

　峰岸春庵が治療の手を止めて身許を確かめると、

「老中田沼意次様の用人井上寛司にござる」

と答え、

「お医師どの、意知様の手当て、神田橋の屋敷にて行うによって、血止めだけなされよ」

「用人どの、怪我人を動かせば更なる出血がござる。この場にて手当てをなし、容態が落ち着くのを待ってお屋敷に引き取られるのがよかろう」

と天野良順がその言葉に抗した。だが、

「いや、ならぬ。老中の命にござる。早々にお引き取りいたす」

同道してきた田沼家の家臣に意知の体を抱えさせて、強引に運び出そうとした。

老中田沼意次の名を出されたとき、医師は治療より田沼家の意向を優先した。人命より刃傷自体が後々どう解釈されるか、そのことが幕閣ではまま優先されたからだ。

治療の場を出かかった井上用人が、

「お医師どの、意知様に痛み止めの薬を飲ませてもらえぬか」

「鎮痛薬は止血を阻害する働きがございます。今は与えることはできませせぬ」

「あれもできぬ、これもできぬか」

と吐き捨てた井上用人に、天野が、

「お屋敷に連れ戻られるならば、桂川甫周先生とその弟子筋に即刻治療に当たらせる手配をなされるがよろしかろう」

「桂川甫周じゃと、余計な口出しかな」

井上用人は田沼意知を表から引き下げると、平川口から神田橋の田沼意次邸に移した。

この平川口、別名不浄門という。城中の死者や罪人を送り出す門だからだ。だが、田沼意知は、死人でも罪人でもない。刃傷を受けた被害者の身だ。田沼意次側の意図が奈辺にあったのか分からないが、天野良順はそのことを聞いて不吉な予感を持った。

一方、羽目之間で取り押さえられた佐野善左衛門は、御徒目付に引き立てられ、蘇鉄之間の隅に押し込められたあと、いったん北町奉行曲淵甲斐守景漸に預けられ、小伝馬町の牢屋敷の揚り屋に入れられた。

この揚り屋は、御目見以下の御家人ら未決囚が入れられる牢であり、直参旗本の佐野の扱いとしては甚だ不当であった。

速水左近は下城の仕度をなし、下馬口から徒歩で出ようとした。下馬口は下乗門とも称された。

幕臣は登城の折り、駕籠(かご)や馬から下りて、大半の供は下馬口外にて主の戻りを待った。

速水左近は下馬口を出ようとしたとき、数少ない供の中に弥助が険しい顔で加わっているのを見た。その体から微(かす)かに血の臭(にお)いが漂ってきた。

下馬口の御番衆が速水左近を見た。

「城中にて異変があったそうな。下部屋にて知らされたゆえ、御役目の方々の邪魔をしてはならじと下城することにいたした」

奏者番速水左近は、家治の御側御用取次として広く顔を知られた人物であった。

門番の御番衆が、

「元禄以来の刃傷騒ぎとか洩れ聞きますが、われらには未だなにも」

「知らされておらぬか」

「はい」

「大事なければよいがのう」

と言い残した速水左近と供が門外に出た。

速水との会話で御番衆も速水の供一行を改めることを忘れた。それほど城中の騒ぎが城全体を浮き足立たせていた。

　速水左近の姿を認めた速水家の家臣らがたちまち行列を整えた。そして、大手門より大名小路へ出た折りに、

「弥助はおるか」

　と乗り物の中から速水が密やかな声で質した。

「これに」

　かたわらから弥助の声がした。

「老中田沼様が奇禍に遭うたというが真か」

　弥助はちらりと神田橋御門の方角、田沼屋敷へと視線をやり、潜み声で経緯を告げた。その声は陸尺にさえ聞こえないものだった。

「老中田沼様ではのうて若年寄田沼意知様が襲われたと申すか」

　速水の返答には、予想外なという戸惑いがあった。

「いかにも」

「間違いないな」

　速水が念を押した。

「間違いございません。わが眼でしかと確かめましてございます」

しばし速水の次の問いまで間があった。

「怪我の具合はどうか」

「深手にございます。また応急手当てだけで早々に意知様を田沼家の用人どのが引き取られ、平川御門から退出なされましたゆえ、さらに出血があろうかと存じます」

「老中に非ず、若年寄であったか」

己を得心させるように速水が呟いた。

「佐野様がこと、摑みきれませなんだ」

「致し方あるまい」

と応えた速水が囁くように弥助に訊いた。

「佐野の差料、どうなった」

「これにございます」

「騒ぎの場から持ち出したと申すか」

「はい」

しばし沈黙があったあと、

「弥助、小梅村に走り、このことを磐音どのに伝えよ」

「はっ」

気配もなく奏者番速水左近の行列から弥助の姿が掻き消えていた。

小梅村の昼下がり、磐音は弥助から城中で起こった出来事の見聞一切を聞いた。聞くだけでなにも口を挟もうとはしなかった。

そのあと、重く長い沈黙があった。不意に磐音が、

「それは粟田口一竿子忠綱ですか」

と口を開き、弥助が持参してきた布包みに眼を落として質した。

どこでどう着替えたか、常盤橋御門では継裃姿であった弥助の姿は、いつの間にか、ふだんの形に戻っていた。

弥助が大きく頷いた。

「預かります」

と磐音が言い、

「この一剣がこちらにある以上、佐野善左衛門様の行為が松平定信様と関わりがあるとはだれにも察せられませぬな」

「疑いが生じたとしても、明らかな証は消えました」

「弥助どのが代わりに残された刀の出処をどなたかが辿るとしたら、できようか」

「もともと佐野家にあった刀ゆえ、佐野家に調べが入れば、主の持ち物との証言を家臣たちから得られましょう」

弥助が、佐野邸の刀簞笥から借用してきた刀とすり替えたことを伝えた。

「刀に血糊(ちのり)はありますまい」

「ございます」

と応えた弥助は、その刀がなぜ血糊に染まっているか、事情を磐音に語らなかった。磐音も訊こうとはしなかった。

「若先生、わっしは神田橋に戻ってようございますか」

弥助は田沼意知の容態を確かめると言っていた。

「事は起こったのです。無理はなされぬよう」

「連絡役(つなぎ)で霧子を伴います」

と言い残して弥助は磐音の前から去った。

磐音は独り沈思していたが、おこんを呼び、

「外出いたすゆえ仕度を」

と命じた。頷いたおこんが、

「供を連れていかれますか」

「いや、一人でよい。じゃが、家を出る前に、辰平どのと利次郎どのをこの場に招じてくれぬか」

と命じた。

早速辰平と利次郎が呼ばれた。

磐音は弥助から齎された城中の出来事を二人に語った。

「佐野様がついに刃傷に及ばれましたか」

「老中ではのうて若年寄の田沼意知様を襲われたとは、どういうことでございますか」

二人の言葉には得心と戸惑いが綯い交ぜになっていた。

佐野善左衛門には、これまで幾たびも惑わされてきた。久しぶりに佐野が登城したと聞いた二人は、事が起こるのではないかと覚悟していた。

だが、辰平も利次郎もその相手は老中田沼意次であろうと考えていた。

若年寄が狙われた理由は奈辺にあるのか。またその事実によって今後どのような事態が予測されるのか。

坂崎磐音らは、この数年、西の丸徳川家基を暗殺されたことと、その家基に殉じた佐々木玲圓とおえい夫婦の死を機に田沼意次と対峙してきた。

一方の田沼父子も、佐々木玲圓の後継たる磐音と直心影流尚武館道場の面々を根絶やしにすべく、数多の刺客を繰り返し送ってきた。そんな暗闘を何年も続けてきたのだ。

その最中に佐野善左衛門政言という、

「道化方」

が加わったことで、その戦いは様相を変えた。

辰平にも利次郎にも、

（われらの戦いはどうなるのか）

という割り切れない気持ちが胸の中に生じていた。

「辰平どの、利次郎どの、田沼意知様の怪我の具合が定かではござらぬ。事態が今後どう推移するかも、ただ今のところ予測がつかぬ。尚武館の門弟衆に注意を喚起し、軽挙妄動はくれぐれも慎むよう伝えてもらいたい」

「畏まりました」

と辰平が応じ、

「事態の推移を冷静に見守るしか、ただ今のわれらにできることはござらぬ」

と磐音が繰り返して念を押し、立ち上がった。仏間に入ろうと考えてのことだった。

「若先生、利次郎か私がお供をいたします」

「辰平どの、一人でようござる」

と応じた磐音が、

「そなた方は、弥助どのと霧子の帰りを尚武館でお待ちなされ。なにがあってもよいように本丸を護ってくだされ」

と尚武館で待機するように願った。


磐音が独り訪ねた先は、南割下水の御家人にして研ぎ師の鵜飼百助老の研ぎ場であった。行き先はだれにも知らせなかった。

白衣の百助は、大身旗本の傘寿の祝いに一族郎党が贈るという、新しく鍛造された同田貫直道の一剣の仕上げ研ぎをしていた。その様子を弟子に入ったばかりの修太郎が熱心に見詰めていた。戸口に立った人影に気付いたのは、倅の信助であった。

その声に鵜飼百助が顔を上げて磐音を見た。これまでにない磐音の険しい表情であった。なにかが起こったと鵜飼百助は察した。

「鵜飼様に願いの儀があって伺いました」

「ほう」

「敷居を跨ぐ前に鵜飼様にお断りがございます」

「念のいったことにございますな」

磐音が頷いた。

「小梅村の若先生がいつにも増して慎重なことよ」

と呟いた百助老が障子越しの光を確かめて刻限を推量し、

「本日はちと早いが、仕舞いにしよう」

と仕上げ砥にかけていた刀を水で洗った。

「親父、俺が片付けよう」

信助が敷居を跨ごうとせぬ磐音をちらりと確かめ、親父であり師匠である百助に言った。

「頼もう」

「坂崎様」

同田貫直道を倅に預けた百助老が研ぎ場から立ち上がり、神棚に一礼すると草履を履いて、戸口の外から動こうとせぬ磐音に歩み寄った。

うむ

百助老が、磐音の差した一剣から漂う血の臭いに気付いた。だが、口にはしなかった。坂崎磐音に勝負を挑む剣術家はいくらもいた。武名を上げたいためだ。

「鵜飼様、わが腰の刀の研ぎをなしてくだされ」

「承知した」

百助老が即座に受けた。

「仔細は問われませぬか」

「そなたが言いたければ言うがよい。じゃが、仔細うんぬんとわざわざ断ったには、秘すべき理由があると見た。ゆえに述べずともよい」

「鵜飼百助様には得心して研ぎをしていただきとうございます」

磐音はしばし沈黙して間を置いた。

御家人の庭には梅の木の青葉に包まれて、小さな実が陽射しをうけて艶やかに輝いていた。

腰から粟田口一竿子忠綱を抜くと、

「若年寄田沼意知様の血に塗れた刀にございます」

と百助に渡した。

「ほほう、田沼意知のな。いささか関心が湧いた」

頷いた磐音は城中で起こった出来事を克明に告げた。

「あの佐野が田沼の倅を狙うたか。一人の考えではあるまい。とはいえ尚武館の策とも思えぬ」

磐音は頷いた。

「そなたがだれを庇うてのことか知らぬ。じゃが、これで田沼政治が終わるならば、それはそれで佐野の行動にいささかの功績があったということであろうか」

「このことで田沼様の天下は終わりますか」

「政には疎い鵜飼百助じゃが、老中でのうて若年寄の倅を狙うたところに、このたびの刃傷騒ぎの妙味がある」

「妙味、にございますか」

「父の老中が倅を若年寄に強引に就けたには理由があろう。自ら築いた権勢と死後の名声を護るには、倅が父親の権力を継承する要があった。佐野の背後に控える人物は、そのことを承知ゆえ倅を襲わせたのかもしれんな。なにより、望みを託した倅が城中で刃傷沙汰に巻き込まれ逃げ惑うても、だれ一人として佐野を止め立てしようとはせず、田沼意知を庇おう助けようと身を投げ出した役人もおらぬという。若年寄下城となれば、大目付、町奉行、寺社奉行、目付と大勢の高官が見送りに出ておろう。それが命を張った者は一人もいなかったか」

「大目付松平忠郷様が佐野様を取り押さえられました」

「そなたらしゅうないな。三の太刀、四の太刀を振るったあとのことよ。それがどのような意味を持つか、そなたならば気付いておられよう」

磐音は、百助の言葉に、はっとした。だが、口にはしなかった。

「今宵一夜で血糊を消し、毀れなど研ぎ直す」

「鵜飼様、この通りにございます」

磐音は深々と頭を下げた。

「そなたも損な性分よのう。他人のために走り回っては頭を下げておられる」

「性分は生涯直りそうにございません」

磐音が辞去しようとすると、

「待たれよ。坂崎磐音が脇差だけで小梅村に戻ったとなれば怪しむ者もいよう。わしの刀を差していかれよ」

百助が言うと、だれもいなくなった研ぎ場に入っていった。

三

磐音は本所吉岡町（ほんじょよしおかちょう）の鵜飼邸から、北割下水の品川柳次郎の屋敷に立ち寄った。

縁側で竹を削っていた柳次郎が門を潜ってきた磐音を見て、

「小梅村の若先生」

と驚きの声を上げた。

その背後では幾代とお有が虫籠造りの内職に精を出していた。江戸城中がどうあろうと御家人の家では内職に精を出し、慎ましやかな暮らしを支えていた。かたわらでは長女のおいちがぶつぶつと独り言を言いながら人形で遊んでいた。

お有に似た愛らしい四歳の娘だった。お有は懐妊しており、前掛けの下からお腹（なか）がふっくらと盛り上がっていた。

「邪魔をいたします」

「坂崎さん、江戸じゅうが大騒ぎというのに随分と呑気（のんき）ですね。むろん田沼様が城中で新番士に斬りつけられたのは承知ですよね」

「承知しております」

「小梅村も大騒ぎでしょうに。そんな折り、わが家を訪ねて来られるとはどんな風の吹き回しですか」

「御用の道々にふと思い付いたことがありましてな。品川さん、それがしの使いを頼まれてもらえませんか」

「お安いご用です」

　柳次郎は内職の手を休めた。

「ならば、まず筆硯三品に紙を借り受けたい」

　柳次郎が磐音の顔をじいっと見ていたが、

「筆硯三品ね、さような気の利いたものはございませんが、おいち、小梅村の若先生にわが家の文机を貸してあげよ。とはいえ文机とは名ばかり、内職に使うので傷だらけです」

　磐音は縁側から上がると幾代とお有に会釈した。おいちが、

「こっち」

　と夫婦の座敷に案内してくれた。

　品川家のだれもが磐音の頼みを訝しんでいた。だが、だれもそのことを口にし

なかった。

縁の欠けた硯で墨を磨りながら、百助の指摘を磐音は考えていた。

佐野善左衛門は老中田沼意次を狙ったのではなく、最初から若年寄田沼意知を殺害するつもりで襲ったのではないか、と百助は示唆した。もし百助が言うのとは反対に、老中たる父を先に殺害したとしたら、将軍家治はどう考え、どう動いただろう。

意次の跡目を早々に意知に引き継がせることも、ただ今の家治ならば十分に考えられた。

そのとき、城中で刃を振るった佐野にはむろんのこと厳しい沙汰が下る。またその背後に控える人物にも徹底的に探索の手が伸びるであろう。

一方、本日の刃傷沙汰で三十六歳の意知がもし命を失うようなことがあれば、六十六歳の田沼意次は、気力を振り絞って暗殺者の背後に控える者を暴き出そうとするにちがいない。となれば当然、尚武館もその対象の一つになるであろう。

どちらにしても田沼意知の生死によって田沼側からの反撃が考えられた。

磐音は書状を二通認めるのに四半刻も要さなかった。

一通目は、陸奥白河藩主松平定信に宛てた短い書状だ。

内容は、過日は来客にて失礼したことの詫びと、明日万難を排して稽古においでくだされというものだった。本日の刃傷騒ぎには一切触れなかった。

二通目は大目付松平忠郷に宛てたものだ。

その中で磐音は、城中にて新番士佐野善左衛門を取り押さえられし事、見事なる御働きと存じ奉り候、偏に大目付松平忠郷様の忠勇と感服仕り候と褒め称えた。事実、後々幕府はこの松平忠郷の行動に対して二百石の加増で応えることになる。

文面の最後に、

「弱輩者のそれがしが申し上げるのも烏滸がましゅう御座候えど、事態の先行き不確かなる今こそ、ご自重願い上げ奉り候」

と付け加えた。

大目付松平忠郷と坂崎磐音の間には、面識もなければ縁もない。だが、磐音の書状を受け取った忠郷はどう考えるか。知り合いでもない磐音が七十歳の大目付に差し出すような書状ではない。

尚武館の坂崎磐音と田沼父子がどのような関係にあるか、松平忠郷とて知らないはずはない。また松平定信が坂崎磐音の門弟であることも承知していよう。その坂崎から書状が届いた。

その本意は奈辺にあるか、と考えるはずだ。

表での刃傷沙汰の仔細を磐音は言外に匂(にお)わせ、しばし松平定信邸に出向くことを避けるよう願っていた。弥助は大混乱の中でだれがあの場に居合わせたか的確に摑みきれてはいなかった。ゆえに、この段階で反田沼派の若年寄太田資愛がその場に居合わせたことを磐音は知らなかった。太田もまた定信と親交を持っていたのだ。

品川柳次郎は外出着で待機していた。

「品川さん、相すまぬ」

「どちらにお届けすればよいのですか」

幾代とお有が内職の片付けをしながら二人の会話を聞いていた。

「こちらは北八丁堀の陸奥白河藩松平定信様に宛てた書状です」

うっ、と柳次郎が息を呑んだ。

「尚武館坂崎磐音の使いと名乗って用人の飯沼三五兵衛(いいぬまさんごべえ)どのに面会し、急ぎこの書状が定信様のお目に留まるよう願いたいと、くれぐれもお伝え願えませんか」

「坂崎さん、私は北割下水のしがない御家人ですよ。陸奥白河藩を訪ねても、門前払いが関の山です」

柳次郎が使いは無理だと言った。

「情けなや、柳次郎。松平定信様は若先生の門弟ですよ。この幾代もお目通りしたことのある間柄です。坂崎磐音様の名を出して門前払いなどあろうはずもございません」

と幾代が自信たっぷりに言い切り、磐音が頷いた。

「母上が白河の殿様と知り合いなんて信じられません。坂崎さん、二通目はどなたです」

「大目付松平対馬守忠郷様です」

「こんどは大目付ですか。屋敷はどちらです」

「四谷御門近くの土手通りにございます」

「こちらも坂崎さんの門弟ですか」

「いえ、本日、城中で新番士佐野善左衛門様が田沼意知様に刃傷に及んだ折り、佐野様を取り押さえられた御仁です。それがしの門弟ではございません」

柳次郎の顔が引き攣った。

「こ、この書状二通、本日の刃傷騒ぎに関わるものですか」

「いかにもさようです」

と応じた磐音は、横川で船宿に立ち寄り、猪牙舟を借り切ってくださいと、小粒、一朱銀を混ぜて一両ほどの船賃を渡した。柳次郎が受け取ったものかどうか迷っていると、

「柳次郎、これはどうやら天下の大事に関わる書状と思えます。どのようなことがあってもよいように船賃はお受け取りなされ。なにより急ぎの御用ですよ」

「相分かりました」

と覚悟を決めた柳次郎が船賃を懐に納め、急いで北割下水の屋敷から出ていった。

「幾代様、お有どの、ご亭主をお使い立てして申し訳ございません。こたびの一件で小梅村は田沼様の監視下に置かれましょう。それで朋友に使いを頼みました」

「坂崎様、こたびの騒ぎ、私どもの暮らしに関わりが出てくるのでございましょうか」

「お有どの、それがどのようなものか、それがしにも推量がつきませぬ。田沼意知様の生死に拘(かかわ)らず大きな影響が出ることはたしかです」

「今でさえ天明の大飢饉で在所は苦しいというに、御政道まで大揺れとは、なんとも情けないことです」

と幾代が言い、夕餉の膳を一つ増やすつもりか、

「坂崎様、柳次郎の帰りを待たれますね」

と訊いた。

「柳次郎どののお戻りは早くて一刻半（三時間）後かと思います。それがし、小梅村にて待ちます。首尾よく使いが果たされたときには、うちに報告にお見えになることは無用です」

磐音は品川家を辞去することにした。

すでに晩春の夕暮れが訪れていた。

北割下水の品川家から小梅村の尚武館坂崎道場までそれほどの距離はない。中之郷瓦町に架かる橋で源森川を渡った。行く手に水戸中納言家の抱え屋敷の塀が立ち塞がっていた。

隅田川との合流部へ源森川の北岸を歩いていくうちに宵闇が訪れた。合流部には源森橋が架かっていた。その橋の袂付近に、水戸家の抱え屋敷の敷地から湧き出る水が流れになって源森川と隅田川の合流部へと注ぎ込んでいた。

磬音は、隅田川左岸と抱え屋敷の西側の長い塀との間の河岸道に差しかかった。

抱え屋敷の塀下にも隅田川の分流が流れていて、この付近の河岸道を往来する人は、本流と分流の間を北進することになる。

夏がすぐそこまで来ているというのに冷たい風が吹いていた。

磬音は、前方に待つ人がいると思った。だが、歩みは変えなかった。

長い塀の中ほどに差しかかったとき、三つの人影が分流の藪陰から現れた。灯りも灯さず歩いてきた磬音に気付かなかったようで、
ぎょっ
として動きを止めた。

武家だった。

「驚かせましたかな、相すまぬ」

磬音は声をかけた。

「何奴か」

「近くに住む者にござる。お手前方は」

しばしの沈黙のあと、

「名乗れ」

と三人の一人が命じた。

屋敷奉公の武家か、一人だけが黒羽織を着用していた。連れは浪人者のようで羽織なしだ。このような者を用心棒代わりに連れ歩くとしたら、いささか怪しい。

「名乗っても宜しいが、お手前方から名乗られるのが礼儀にござろう」

「なに」

黒羽織が二人の連れを振り返った。

「神田橋御門か木挽町か、どちらの関わりの方でござるか」

磐音の問いに黒羽織が動揺を見せた。

「それがし、坂崎磐音と申す。御用の帰りです」

うっ、と言葉を呑み込んだ気配が薄闇にした。なにを迷うのか沈黙して考え込んだ。

「若年寄田沼意知様が奇禍に見舞われたと巷の噂に聞き申した。お見舞いを申します」

「要らざる言辞かな」

黒羽織は迂闊にも田沼家の家臣であることを認めていた。

「申し上げておきます。城中の出来事は、それがしには一切関わりなきことにございます。お通しくだされ」

と声をかけて磐音は河岸道を進んだ。

用心棒の二人が鯉口を切る音が響いた。

「おやめなされ。本日はそれがし、血を見る戦いを避けとうござる。ただしそなたらが動くとなれば、斬り捨てることに躊躇はいたさぬ」

気迫の籠った磐音の言葉に、二人の動きが凍てついたように止まった。

その間をすいっ、と抜けた磐音は小梅村を目指したが、三人の人影は動く気配を見せなかった。

磐音は尚武館の門に灯りが灯されているのを見た。松明ではなく提灯の灯りだ。

白山が磐音の帰りに気付いたか、甘えたように吠えた。すると道場から辰平らが走り出てきた。磐音の身を案じて待っていたようだ。

「ただ今戻りました」

磐音は辰平らに交じって霧子がいるのを認めた。

「皆に心配をかけたようじゃな」

磐音の言葉はいつものように平静だった。

「夕餉は食されたか」

「利次郎らと交替で夕餉をとることになっております」

と辰平が磐音の問いに応じた。

尚武館は磐音の言い付けを守り、ふだんより険しい警戒を敷いていた。

「提灯も下げ、門を閉じなされ。そなたらも利次郎どのらとともに夕餉を食されよ」

「宜しいので」

「今宵はなにもござるまい」

辰平らに声をかけた磐音は、霧子に合図をすると母屋への道を辿った。

尚武館と母屋とは竹林と楓林で隔てられていた。その林に、ゆっくりとうねるように小道が延びていた。その林の小道に差しかかったとき、磐音が霧子に尋ねた。

「田沼意知様の容態はいかがか」

「神田橋御門の田沼様のお屋敷は、城中からも城外からもお医師がばらばらに呼ばれる有様にて大混乱が生じております。お医師の中には桂川甫周先生と門弟が交じっておられました。屋敷内に入られましたが、さほど長い時間、田沼邸におられず、すぐに駒井小路へお戻りになりました。師匠の命で私が桂川先生のお駕籠を追いかけまして声をかけますと、桂川先生は私が現れるのを予測されていたように、お駕籠の中からこうおっしゃいました……」

「……霧子さん、小梅村に伝えてもらいたい。御典医天野良順先生の要請にて田沼邸を訪ねたが、医師は十分に足りているとの理由で治療はさせてもらえなかった。だが、天野先生にちらりとお目にかかることができたゆえ、容態はおよそ分かった。意知様の傷は、両股の突き傷が三寸五、六分と骨にまで達するほど深いにも拘らず、城中で血止めしただけで、縫合手術をすることもなく、用人によって神田橋の屋敷へと運び出されたそうな。ために新たな出血があり、重篤だそうだ。今夜か明日が峠かと思われる」

桂川国瑞はそこで言葉を切った。

霧子は、話が終わったと思い、駕籠傍から離れ、弥助にまず会うべきかと行動に移りかけた。そのとき、

「しばしお待ちなされ。若年寄酒井忠休様に命じられた奥祐筆組頭安藤長左衛門様が神田橋の屋敷に騒ぎを注進なされたとのこと、そこで老中田沼様は急ぎ登城なされたそうな。なれど、意知様は平川口から出られたために父親の意次様とは

行き違われたそうだ。ただ今は神田橋のお屋敷にお戻りになり、意知様と面会なされていよう。治療の最中のこととて意知様の意識はなく、屋敷内は未だ右往左往の大混乱であった」

「桂川先生、小梅村に伝えます」

「そうなされ」


「………桂川先生の話は以上にございます」

磐音は沈黙したまま林の中の小道を抜け、母屋の庭に出た。泉水越しに母屋の灯りが庭に零れているのが見えた。

磐音も霧子も灯りを見て、救われたような気分を感じた。

田沼父子は長年の宿敵であった。

だが、新番士佐野善左衛門の行動で、事態が思わぬ方向へ転がっていこうとしていた。その背後で陸奥白河藩の松平定信がどこまで介在しているか、なんとも複雑で割り切れぬ気持ちだった。

「このこと、弥助どのは承知じゃな」

「はい。こちらに戻る前に師匠には伝えてございます。師匠は、もうしばらく神田橋の様子を窺ったあと小梅村に戻ると、若先生に伝えてくれとの言付けにございました」

「田沼様お身内の心中など考えようともせず、いたずらに人々が立ち騒ぐだけでは、なんの役にも立つまい」

と呟いた磐音は口を噤んだ。

「若先生、師匠を迎えに参ります」

「霧子、弥助どのは時宜を見て引き上げてこられる。そなたが迎えに出ることは無用じゃ」

と磐音が命じ、霧子は首肯した。

この夜、いつもどおり坂崎家の台所では住み込み門弟衆が夕餉をとり、磐音は別におこんの給仕で黙々と夕餉をとった。

重苦しい空気が小梅村を支配していた。

このような展開は想像のつかないことではなかった。だが、佐野善左衛門が実行に移すかどうか、だれもが半信半疑でいた。磐音もこたびの佐野の行動をどう考えるべきか答えを出せずにいた。

「おまえ様」

「なんじゃな」

「どうなるのでございましょう」

黙々と食していた磐音がおこんに顔を向けた。

「なにがあろうともわれらの暮らしは続く。一人の若年寄の生死に惑わされることなく続けねばならぬ」

と磐音は己に言い聞かせるように呟いた。

「老中田沼意次様の怒りの矛先がうちに向けられませぬか」

「その折りは、戦うのみ」

と言い切った磐音は、その前にやるべきことがあると思った。

四

夜五つ半（午後九時）過ぎ、辰平と利次郎が品川柳次郎を伴い、母屋に姿を見せた。

磐音はそのとき、父坂崎正睦に宛て、本日起こった城中の出来事を書状に認めていた。

「ご苦労でした、品川さん」

と労った磐音は、辰平と利次郎にその場に留まるように言い、おこんには、

「品川さんに膳を」

と命じた。

柳次郎が今晩訪ねてくるかもしれぬと、おこんには知らせてあった。

「すぐにお持ちします」

「おこんさん、夕餉はしばしお待ちくだされ。まず報告をしとうございます」

柳次郎が願い、頷いたおこんが台所に下がった。

「それがし、一生分の汗をかきました」

と柳次郎が言い出した。

辰平も利次郎も品川柳次郎がなにをなしたのか知らなかったので、柳次郎を見た。

「坂崎さんの命のとおりにまず北八丁堀に猪牙を着け、松平定信様のお屋敷に訪いを告げ、門番どのに坂崎磐音どのの使いと申しますと、すぐに奥へと通じたばかりか、用人の飯沼様がそれがしを内玄関より松平様の江戸屋敷の奥に招じられ

たのです。この歳になるまで大名家の奥になど通ったことがありません。その上、なんど定信様直々にそれがしの手より若先生の書状をお受け取りになりました」

「書状をお読みになりましたか」

「何度も何度も繰り返し読まれたあと、長いこと沈思なさっておられました。そして、意を決したように、『用件、しかと承った』と小梅村に伝えてくれと声を絞り出すように仰せになりました」

「品川さんは一生分の汗をかいたと言われたが、冷静に観察しておられる。念を押すようですが、定信様のご様子はいかがでしたか」

「坂崎さんの書状を読まれる定信様のお顔には、深い憂いがあるように見受けられました」

柳次郎の言葉に磐音が頷いた。

「次に舟を神田川に廻し、四谷御門に向かいました。大目付松平忠郷様のお屋敷はいささか面倒で、だいぶ門外で待たされました。その上、松平家の用人どのからは、そのほう真に直心影流尚武館坂崎道場の使いかと執拗に質されました。用人どのが何度も門前と奥を行き来して、ようやく奥に通ることを許され、松平忠郷様とお目にかかることが叶いました」

「いかがでしたか、松平様のご様子は」

「下城されたばかりのようで、大目付様は興奮冷めやらぬ体に見受けられました」

「数多の諸役人の中、老齢の大目付松平様が刃傷に及ぶ佐野様を取り押さえられたのです。上気しておられるのは当然のことでしょう」

「聞いてはいましたが、あの年齢で佐野善左衛門を取り押さえられたとは」

磐音と柳次郎の問答を、辰平と利次郎が息を呑んで聞いていた。

この問答で、佐野の行動の背後には、明らかに松平定信と松平忠郷が関わっていると気付かされたからだ。

「そのお顔が、若先生の書状を披いて読み進むうちにみるみる驚愕の表情に変わられました。その上で定信様と同じく何度も読み返され、深々と吐息を繰り返されたのが記憶に残りました」

柳次郎はしばし言葉を止めた。

「長い沈思のあと、坂崎磐音どのに『書状の件、確かに承った』と伝えてくれと仰せられました」

「品川さん、ご苦労にございました」

「なんぞ役に立ちましたか」

「未だはっきりとは申せませんが、品川さんの使いが、一人の大名と大目付を救うやもしれませぬ」

磐音は柳次郎には謎の言葉で応じた。そこへ、

「品川様、お腹がお空きになったでしょう」

とおこん、お杏、早苗が膳と酒を運んできた。

「おこんさん、腹が空いたか空かぬのか、なにも感じられません。それがし、これまで生きてきた中で初めて、八代将軍吉宗様の孫にして陸奥白河藩主やら大目付やら、一晩に二人も身分違いの人物に直に会うたのです。喉がからからになりました。どちらでも茶の一杯も供されるわけでもない。もはやそれがしの用が足りたのならば、酒を頂戴できませんか」

と願った。

お杏が盃を差し出し、無意識に受け取った柳次郎が、
ふむ
とお杏の顔を見て、はて、だれか、という表情を作ったが、すぐに辰平を見て、

「おお、博多から参られた娘御とはこのお方ですか。辰平どのはなんとも果報者

です」

とようやく緊張が解けたか、顔が和んだ。

「杏と申します」

「それがし、こちらの若先生とは用心棒仲間でして、品川柳次郎と申す」

「えっ、坂崎様が用心棒を務めておられたのですか」

「ご存じないか、余計なことを口走ったか」

「知りとうございます、品川様」

お許しあれと磐音に断った柳次郎が、

「豊後関前藩を抜けられたあと、江戸に参られた頃のことです。早苗さんの父親の武左衛門の旦那とそれがしが、今津屋の用心棒に雇われたことがありました。その折り、われらに助太刀してくれたのが坂崎さんだったのです。昔の話です」

「驚きました」

お杏に酒を注がれた柳次郎は、頂戴します、と立て続けに三杯ほど飲み、

「ようやく落ち着きを取り戻しました。なにしろ内職の虫籠造りの場から、いきなり大名家の奥です。落差がありすぎます」

と正直な気持ちを吐露した。

柳次郎の言葉に磐音らも平静を取り戻した。

夕餉では酒が付かなかった。それと柳次郎一人が酒を飲み、夕餉を食するのはつらかろうとのおこんの心遣いで、磐音たちも相伴して酒を飲み始めた。

そのとき、霧子の声が母屋の玄関先でして、弥助の帰りを告げた。そこでおこんら女衆がふたたび動いて弥助の膳も仕度された。

場に緊張が戻った。

弥助は一同に無言で礼をなすと、

「医師らの動きから、田沼意知様の容態に変化はないように見受けられます」

と磐音に報告した。

「この騒ぎ、江戸じゅうに広まり、読売などは話を集めんと、神田橋界隈やら麹町の佐野善左衛門邸の周りを駆けまわっております」

「半日にして江戸じゅうに知れ渡ったのですか」

「それにはわけがございましてな。間の悪いことに若年寄田沼様の奥方は守田座に芝居見物に行っておられたのでございますよ。守田勘弥がひいきなんだそうです。その芝居見物の最中に、老中田沼様が刺されただの、いや、若年寄の意知様が斬り殺されたなどの知らせが屋敷からまちまちに入ってきたために、芝居小屋じゅうに知れ渡って大騒ぎになったそうな。ためにこの騒動が江戸じゅうに知れ渡ることになったのでございますよ」

なんとも無様であった。一代で成り上がった老中田沼家に、事態を冷静に処する家臣が一人としていなかった証である。

磐音は、弥助の話を聞いたとき、

(田沼時代は終わったのではないか)

と思った。だが、口にはしなかった。

(佐野善左衛門どのはどうしておられようか)

とそのことを案じた。

周りのことを考えず、思い付きで動く直情径行の佐野善左衛門は、自業自得といえた。だが、真に松平定信らに使嗾(しそう)されたものであるとするならば、なんとも哀(あわ)れであったし、騒ぎはこれで終わるはずもないと思った。

一方で直参旗本の佐野の身柄は小伝馬町の揚り屋に収監されたのだ。その運命は定まったと思えた。

「若先生、佐野善左衛門様の行動でご政道に変わりがございましょうか」

辰平が尋ねた。

「政(まつりごと)のことは一剣術家に分かるはずもござらぬ。ただし、老中田沼様のお怒り次第では処々方々に飛び火しよう。小梅村もこの数日の推移を見定めることが肝要かと思う」

と応じた磐音は、最前水戸藩抱え屋敷脇の河岸道で出会った三人のことを口にした。

「なんとそのようなことが」

利次郎が呟いた。

「ご一統、ただ今の田沼家は、騒ぎの混乱の最中にあります。だれが田沼家の意思を統率しておるのか、勝手に動いているように思えます。ために、なにが起こっても不思議はございません。騒ぎはあちらこちらに生じましょう。ですが、だれぞ一人の強い意思のもとに動くということはございますまい。ともあれ数日は用心に越したことはございません」

磐音の言葉に一同が頷いた。

「おまえ様」

おこんが遠慮気味に口を挟んだ。

「なんじゃな、おこん」

「これまでの行きがかりを知る何者かが小梅村を襲うようなことがあれば、それはそれなりに対処するしかございますまい。されどお杏さんが巻き込まれるのはいかがなものでございましょう」

と胸の危惧を洩らした。

辰平がはっとし、お杏がおこんに顔を向けた。

「おこん様、私はもはや坂崎家の人間と思って、この屋根の下に暮らし始めました。皆様の足手まといにならぬようにいたします。どうか、ともにこの危難を乗り越えさせてください」

と願った。辰平が磬音とおこんを見て、

「それがしからもお願い申します。万難を排してお杏さんの身を守ります」

と願った。

「ということだ、おこん。小梅村が騒ぎに巻き込まれると決まったわけではない。最前のような愚か者が現れることがあっても、田沼様が総力を挙げて、うちに襲いくるということは考え難い。よしんばさようなことがあったとしても、われら一同、常日頃の稽古をなし、いつもどおりに動くだけじゃ。生死はともにいたす、それでよろしいな、ご一統」

磐音の言葉に改めて一同が頷いた。

六十六歳の田沼意次は、手にした白扇を絶え間なく己が膝に叩きつけていた。家臣の誰一人として近寄れる雰囲気ではなかった。

隣から絶え間なく響いてくる意知の苦悶の声に、わが身を引き裂かれるような思いで意次は耐えていた。その姿は急に小さくしぼんだようで、憤怒よりも恐怖に慄いているようにも見えた。もはや権勢を振るっていた老中の威勢も迫力も見られなかった。一人の父親としてただ倅の生を願い、死を恐れていた。

意知は、意次の後妻、黒沢定紀の娘が産んだ田沼家の嫡子であった。意次には姓名不詳の「妾」が四人いたが、妾の出自や身分は不明だった。意次の実子の中で、意次の「妻」を母にするのは意知だけだった。

(生き抜いてくれ、意知)

ただそのことを念じた。

(だれがかようなことを)

と考えた。

用人どもが伝えるには、佐野善左衛門政言なる新番士が襲いかかったという。

佐野某(なにがし)の名には、覚えがあった。

佐野家の家系図を借り受けて田沼家の系図造りの参考にしたことは承知していた。そして、その代償に佐野は、加増か栄進を願っていることも聞いていた。新番士如きが家系図を差し出すくらいで、加増だ、栄進だと願うのは増長も甚(はなは)だしい。叱りおけと意知にも用人らにも言った記憶が蘇(よみがえ)った。その程度のことで佐野某が若年寄に刃を向けるものか。

（違う）

と意次は不安と恐怖に苛まれながらも考えた。

だれかが佐野の背後で使嗾したとしか考えられない。とすると、使嗾した相手はだれか、意次は千々に乱れた頭の中で考えた。

幕閣の中に敵はいたか、意知の命を狙う者はいたのか。

田沼家は元々、紀伊藩徳川家に仕えた家系であった。それが、父親意行(おきゆき)の代に藩主の徳川吉宗が八代将軍に就いたために江戸に召し連れられ、陪臣(ばいしん)から幕臣に代わり、旗本になった。

意行の子として江戸に生まれた意次は、享保十七年（一七三二）七月二十一日に将軍吉宗に初御目見を済ませた。時に十四歳であった。

その二年後、吉宗の長男家重の小姓になったことが意次の将来を決定づけた。二十四歳の家重は九代目の将軍に決まっていたからだ。

そのとき、意次は元服前の少年であったが、蔵米三百俵を支給された。部屋住みの身で異例であった。

これが田沼意次の異例の出世双六の始まりであった。

栄進の階段を上るにつれて競争相手を蹴り落とし、潰しながら、老中の地位にまで昇りつめたのだ。

ただ今の田沼意次は十代将軍家治の跡継ぎを決めるほど信頼され、若年寄に就いた意知が意次の後継になることも周知のこととされていた。

全盛を誇る田沼父子に刃を向けようと考える人物がいたとしたら、家治の後継者争いで消えていった者たちの周りにいた面々か。

西の丸徳川家基が家治の有力な跡継ぎであった。それをひっくり返したのは田沼意次の強引と思える、

「意思」

だった。

家治の跡継ぎを自らの手で決定すれば、田沼家の栄華も続く。

安永八年（一七七九）二月二十一日、家基は品川外れの新井宿での鷹狩りの帰路、しぶり腹の治癒のために同行していた医師池原雲伯の調合した煎じ薬を飲んで絶叫し、重篤な状態に陥った。

三日後に家基は身罷った。

巷では田沼意次の命による「暗殺」の噂が流れた。池原医師は、田沼に近い御典医だったからだ。

田沼意次は、御三卿一橋治済の嫡男家斉を新たに家治の跡継ぎに決め、田沼父子は盤石の地位を築いたといえた。

一方、家基の死に殉じた人物がいた。

神保小路に直心影流尚武館佐々木道場を構えた道場主、佐々木玲圓とおえいの夫婦だ。

佐々木道場の先祖は直参旗本で、ゆえあって江戸城近くに拝領地を頂戴し、道場経営を続けてきた。町道場でありながら、まるで幕府官許の道場の如き役割を果たしていた。

家基の死に際し佐々木玲圓が殉死した事実は、佐々木家に隠された秘密があることを示していた。

意次は尚武館佐々木道場を閉鎖し、力を削いだ。

また、後継として佐々木家に入った坂崎磐音の抹殺を幾たびか企てたが、そのたびに反撃に遭い、失敗を繰り返した。

家基暗殺の騒ぎの最中に坂崎磐音と妻のおこんは江戸を離れた。流浪する夫婦に意次は執拗に刺客を送り続けたが、そのたびに危難を切り抜けられ、意次は反対に愛妾のおすなを失う羽目に陥った。

三年半の歳月を経て、坂崎磐音と一統が江戸に戻り、川向こうの小梅村で尚武館道場を再興したと、意次は聞き知らされていた。江戸に戻ったのであれば、

「町道場の一つや二つ、いつでも踏み潰せる」

と高を括ってきた。

新番士佐野善左衛門を唆したのは、坂崎磐音とその一統の仕業か。

坂崎と佐野になんらかの因縁があることは、これまで密偵の報告で承知していた。その探索によれば、坂崎磐音は、

「佐野に軽率な行動を戒めている節がある」

というのだ。その大きな理由を密偵は、

「西の丸徳川家基様、佐々木玲圓、おえい夫婦の仇を、畏れながら田沼様と考え

ている節が、これまでの言動から多々見られます。ならば、坂崎磐音の江戸帰着の理由と小梅村での尚武館再興は、田沼意次様、意知様への仇をなす拠点とするためかと思われます」

と分析していた。

こたびの一件、剣術家坂崎磐音の使嗾か。

意次は、破れた扇子(せんす)を膝に打ちつけながら考え、

(違う、剣術家のやり口ではない)

と分析した。

坂崎磐音ならば、真正面からわれらに勝負を挑んでこよう。それが剣術家のやり方だ。

するとだれが佐野善左衛門を使嗾したか。

意知が呻き声を上げた。その声が弱々しくなっていることを意次も承知していた。

「頼む、生きてくれ」

意次は恥も外聞もなく神仏に縋る言葉を発していた。

「あっ」

意次は声を洩らした。

「いた、もう一人、いた」

家治の後継と考えられた人物がいた。

陸奥白河藩藩主松平定信だ。実父は御三卿田安家初代の徳川宗武だ。今から十年前、定信の目から鼻に抜ける明晰を恐れた意次が、白河藩主松平定邦の養子に出して、後継者争いから、

「追放」

した人物だ。

そのことを恨んだ定信は一時、城中に短刀を隠し持ち、意次を「暗殺」することを企てたとの風聞が意次の耳にも入っていた。

松平定信ならば、新番士佐野善左衛門を唆して「暗殺」を仕向けることができる。

ばしり
さ、さ、さらになった扇子を強く膝に叩きつけ、用人の名を呼んだ。

第四章　斬奸状

一

代々御庭番を務める家柄を、

「御庭番家筋」

と呼ぶ。

紀伊藩主徳川吉宗が将軍家を相続した享保元年（一七一六）に紀伊藩の薬込役十六人を幕府の広敷伊賀者に取り立て、将軍直属の隠密御用とした。そののち、これら十六人は、御休息御庭締戸番と伊賀庭番に区別して任じられた。

伊賀庭番には新たに紀伊藩で馬口之者を務めていた川村新六が起用され、十七人になった。以降、数に変遷はあったが、この十七家が御庭番家筋と呼ばれてきた。

ただ今の伊賀庭番の総頭は、川村小平だ。

弥助が表の床下で手にかけた藪之助もその父の與造も、そして弥助も、川村小平の組下、吹上組と呼ばれる左旻蔵親方所属の伊賀庭番であった。

左旻蔵は、新番士佐野善左衛門が若年寄田沼意知に刃傷に及んだ同刻限、組下の藪之助が行方を絶ったことを知らされ、城中を探させた。

夜明け前、刃傷のあった近くの床下でその亡骸を発見し、密かに回収させた。

ただのひと突きが致命傷になっていた。左親方が留意したのは、亡骸が丁重に胸の上で手を組まされて合掌していたことだ。その上、藪之助の顔には、苦痛はなかった。どこか得心でもしたような表情が浮かんでいた。

左旻蔵は、沈思した。

藪之助を葬った者は仲間と思われた。仲間が佐野善左衛門の刃傷騒ぎを助けていたのではないか、それを阻止しようとして藪之助は殺されたのではないかと推測された。

「総頭川村小平様に届けを出しますか」

組下の者が左旻蔵に尋ねた。仲間内の騒ぎならば仲間内で始末すべきだ。表に出せばこの混乱の中、どのような沙汰が下るか、懸念された。

「いや、ただ今総頭に知らせてはならぬ。密かに藪之助を葬れ。われらが御庭番家筋より追放されぬただ一つの道だ」

険しい声で左旻蔵が命じた。

松平定信は、通いの門弟の中でもいちばん最初に小梅村の尚武館道場の船着場に船を着けた。顔に興奮と疲れを滲ませた定信は、その足で道場に入り、控え部屋で稽古着に着替えた。

道場で定信を会釈で迎えた磐音が、

「定信様、お早うございます。しばしお独りで体を解していてくだされ。体が温まったところで、それがしと稽古をいたしませぬか」

と磐音が語りかけ、うん、と定信が無意識のうちに頷いた。

「心ここに非ず」

そんな定信の表情だった。

(昨夜は一睡もされなかったようじゃな)

磐音は定信の顔を見て判断した。

一方、定信には磬音の胸中を察する余裕はなかった。

道場の外に出た磬音は、霧子を呼んだ。

弥助はすでに川向こうに出ていた。むろん昨日の騒ぎの情報を集めるためだ。

「霧子、使いを頼まれてくれぬか。研ぎ師鵜飼百助様の屋敷までだ。百助様にお目にかかれば用事は分かる」

とだけ磬音が命じ、持ち帰る品は母屋に持参しておこんに渡してくれと付け加えた。

霧子が承知し、猪牙舟で出かけて行った。

道場に戻った磬音は、松平定信を相手にみっちりと一刻ほど稽古をつけた。手加減しての稽古だが、定信はふらふらになって何度も意識を失いかけた。だが、そのたびに鼓舞して最後の最後まで力を出し尽くさせた。

「本日はこれまで」

と磬音が言ったとき、定信は道場の床に座り込んで弾んだ息をした。だが、その荒い呼吸が鎮まったとき、定信の表情に変化が見えた。胸の中の不安をすべて吐き出したようで、顔に、ある種の覚悟をした者の潔さ(いさぎよ)が表れていた。

「定信様、母屋においでなされませ。茶を差し上げとうございます」

磬音の言葉に定信が頷いた。

朝稽古は未だ終わっていなかった。そんな刻限、指導の場から道場主が下がるのはいささか異例ともいえた。

定信は、坂崎磬音がわざわざ書状を寄越した理由は稽古とは別のところにあったのだと改めて思い至り、頷いた。

定信は、待機していた家臣が汲んだ手桶の水に、手拭いを浸して固く絞り、顔や上半身の汗を拭った。

「坂崎先生と話がある。そのほうら、道場で待て」

と命じて、独り道場から母屋に向かった。

母屋の座敷では建具が庭に向かって開け放たれ、縁側まで陽射しが差し込んでいるのが見えた。

待っていた磬音が、

「定信様、わざわざお呼び立てして恐縮至極にございます。近頃、朝稽古が終わったあとに喫する茶が殊の外美味しく感じられるようになりました。歳でございましょうかな。お付き合いくだされ」

と定信に微笑みかけた。

陸奥白河藩主と一道場主、身分が違った。だが、別の側面から見れば師弟の間柄、定信は二十七歳の一門弟にすぎなかった。

おこんともう一人別の女子が茶菓を運んできた。見かけぬ顔だった。

供されたのは抹茶であった。

「定信様、拙い点前はお許しくださいませ」

とおこんが断り、初めて顔を合わせた女子が定信に会釈をした。町方の娘ながら品格が感じられた。

「定信様、箱崎屋の娘御にございます」

磐音が茶を供したお杏を紹介した。

「筑前博多の商人箱崎屋次郎平の娘、杏にございます」

と定信に挨拶をなした女子が、ゆったりとした所作で定信の前から下がった。

おこんも定信に会釈をして姿を消し、その場は定信と磐音の二人だけになった。

「そなたは、博多の大商人箱崎屋とも付き合いがあるようじゃな」

定信は、松平辰平とお杏の身内や今津屋が集まった日、磐音に面会に来てこのことを承知していた。

磐音は、箱崎屋と知り合うきっかけになった経緯を手短に話した上で、

「こたび、箱崎屋次郎平どの親子が江戸に出て参られたにはいくつか用がございます。その一つは箱崎屋の出店を江戸に開くことにございました」

「博多の大商人が江戸に店を出すか。江戸の商いが活発になろうな」

と定信が考えを述べた。頷いた磐音が、

「もう一つは、お杏どのとわが門弟、松平辰平との婚姻のために、松平家と箱崎屋双方が顔合わせをすることにございました。過日、定信様がお見えになったにも拘らず、失礼いたした日が、その日でございました」

「おお、あの日に婚儀が整うたか」

「はい」

「それはめでたいな」

と定信が言い、

「頂戴しよう」

と碗を両手で持ち、しばし心を鎮めるように茶器を愛で、器を掌に包み込んだあと、見事な所作で茶を喫した。

「たしかに、稽古のあとの一服はなんとも絶妙な味であるな」

と定信が微笑んだ。

「それがし、生来の武骨者ですが、お杏どのが幼い頃より茶道を嗜んできたと知り、おこんがお杏どのを師にして茶を点てることを始めました。ゆえに本日、定信様に供しました」

磐音の言葉を聞いた定信が、

「万難を排して稽古にと書状には認めてあったが、茶を供することであったか」

と訝しさを顔に漂わせ、呟くように質した。

「川向こうが騒がしゅうございますゆえ、定信様のお心をお鎮めせんと、かような企てをなしました」

と応じた磐音が、

「おお、うっかり忘れるところでした」

と立ち上がり、隣の仏間に入り、しばし合掌でもしている様子のあと、

「定信様、過日、お忘れのご佩刀をお返しいたします」

仏間から戻ってきた磐音が捧げ持った一剣を見て、定信の顔が真っ青になった。

その拵えは紛れもない松平家の所蔵刀、

「粟田口一竿子忠綱」

であった。

山城国刀鍛治、粟田口一族には名匠が多い。

刀工忠綱は、摂津国の住人で一竿子と号し、近江守を受領して元禄期（一六八八～一七〇四）に活躍した。この銘のほかに「粟田口近江守忠綱」「一竿子忠綱」「粟田口一竿子忠綱入道」などと切った。

刀の彫り物で名高く、近江守忠綱の子で二代目忠綱を継いだ人物だ。

定信は、松平家にいつの時代から忠綱があるか承知していなかった。

過日、佐野善左衛門が、

「家系図のほか、大事な金品は田沼家に差し出し、事に及ぶ刀もない」

と嘆いたとき、定信は多少の思惑はあったにせよ、深く考えることなく貸し与えた。

「そ、それをどこで」

定信の顔に新たな驚愕が奔った。

「わが家にお忘れにございました」

磐音が平静な口調で言い切った。

そのようなことがあろうはずもなかった。間違いなく佐野善左衛門に貸し与えた二尺一寸余の刀であった。

「そのようなことがあろうか」

「いえ、お忘れにございました、定信様」

とふたたび同じ返答を繰り返す磬音と刀を前にして、佐野は粟田口一竿子忠綱を田沼意知襲撃に使わなかったのかと、一瞬安堵の気持ちが定信の胸に奔った。

昨日、城中で新番士佐野善左衛門政言が下城しようとした若年寄田沼意知に斬りつけた刃傷沙汰は、騒ぎから一刻もしないうちに北八丁堀の屋敷に告げ知らされた。

(おお、やりおったか)

と胸の内で歓喜した。

「で、首尾はどうか」

報告してきた家臣は、

「仔細は分かりませぬが、意知様の治療が御典医の手で行われている最中だそうにございます」

「なんと、生きておられるか」

「はい」

「佐野は、いや、刃傷に及んだ者は自裁したか」

定信は矢継ぎ早に尋ねた。

「いえ、居合わせた方々に取り押さえられたそうにございます」

この言葉を聞いたときから定信の胸は不安と恐怖に包まれ、苛まれてきた。

佐野が調べに自白するようなことがあれば、いや、凶器として粟田口一竿子忠綱が使われ、そのことから定信と佐野の関わりを探り出されたら、という考えが浮かんだのだ。

一竿子忠綱は新番士身分の持ち物ではない。大名や大身旗本のお道具であった。佐野の凶器が居合わせた役人の手に渡り、忠綱の出処を佐野が問われると思うと背筋に悪寒が奔った。

それにしても、佐野に貸し与えた忠綱を坂崎磬音が持っているとはどういうことか。

「定信様、他人様の刀を拝見するなど不見識にございますが、剣術家の性、ついつい定信様のお刀に手を触れてしまいました。お許しくだされ」

磬音の詫びの言葉に定信はなにも応えられなかった。それどころではなかった。胸中があれこれ妄想に乱れていた。

「龍の彫り物の具合から粟田口一竿子忠綱作刀と推測いたしました。丁子揃うて長く入り、直焼き出しがあって、鋩子は小丸にてなんとも見事なる一作でございますな。さすがは陸奥白河藩の秘蔵の一刀と感服いたしました。されど少々気がかりがございましてな」

「気がかりとはなにか」

半ば茫然自失しながら問い返していた。

「刃毀れが見えましたゆえ、それがし、定信様に断りもなく研ぎに出してしまいました。いえ、研ぎ師はただ今江都一と評判の鵜飼百助様に願いましたゆえ、なんとも見事に仕上がっております。無断での手入れ、幾重にもお詫びいたします。されど、まずは定信様、鵜飼様の手並みを検めていただけませぬか」

「忠綱を研ぎに出したとな」

「はい」

しばらく沈思した定信が、差し出された松平家の所蔵刀を受け取り、

「ご免」

と呟くと、黒漆石目地塗の鞘、布着漆塗片手巻の柄巻を見た。間違いなく所蔵の一竿子忠綱であった。鞘尻を虚空に向けて、抜いた。

昇龍の彫り物が晩春の陽射しに映えて見事な研ぎであった。

ほっと安堵した定信に新たな不安が湧きあがってきた。

坂崎磐音は無断で他人の刀を研ぎに出すような人物ではなかった。なにか謂れがあるのか。

定信は、はた、と気付いて磐音を見た。

「さすがは鵜飼百助どのの研ぎ、一夜仕事とは申せ、見事な仕上がりと思われませぬか、定信様」

「一夜仕事とな」

「はい」

「この忠綱は昨日城中から持ち出されたものか」

「いえ、定信様がわが屋敷にお忘れになった刀にございます。白河藩松平家の所蔵刀が他人に貸し出されるわけもなし。そうではございませぬか」

定信は迂闊に返答ができなかった。

「若年寄田沼意知様に斬りかかられた佐野善左衛門どのを背後から羽交い締めになされたのは、大目付松平対馬守様とか。それがし、大目付松平様についついお見事なるお働きと書状を差し上げました」

「そ、そなたは」

「どうなされました」

「予の考えをすべて承知じゃな」

「定信様、それがし、新番士佐野様といささか関わりがございました。ゆえにその行動には注意をはろうて参りました」

「そうか、承知であったか」

「田沼意知様は存命にございます。ただ今、われらはただ推移を見守るのみ、そうではございませぬか」

「いかにもさようじゃ」

「出来事を一面から見たり、ただ今の時点のみで起こった出来事を判断すると、大きな間違いを犯すかと存じます。騒ぎが鎮まるのを待つのが、われらのとるべきただ一つの道、定信様、いかがにございますか」

「いかにもさよう」

と応えた定信が磐音に視線を向けて、

「坂崎磐音、そなたがわが知り合いで、わが師であってよかった」

としみじみと言った。

ようやく平静を取り戻していた。

「さような言葉を口にされるのは、事が収まったあとのことでございます。また、ただ今の話はすべてなかったことにございます。稽古のあと、茶を一服した、それだけにございます」

磐音の言葉に定信はしばらく沈黙した。そして、慎重な言葉遣いで質した。

「師よ、こたびのこと、いかに決着がつくであろうか」

「政にどう関わりがあるのか、幕閣の諸士がどのように動かれるのか、それがしには分かりませぬ。されど立ち騒ぐ波はいつの日か鎮まるものです。ただし同じ波間に戻ることはございますまい。こたびの出来事は、どなたかが考えられた以上の反響を、処々方々に及ぼすものと思います。その一つひとつの考えや動きが一つの方向に収斂したとき、出来事の実態が見えて参りましょう。定信様、ただ今起こっている現象のみをご覧になって動かれるのは軽挙妄動かと、それがし、考えます。家基様の死もまた養父佐々木玲圓の自裁も、こたびの騒ぎと、目に見えぬ糸で結ばれているとは思われませぬか」

「師よ、予に軽挙妄動を諫言するや」

「お怒りになりましたか」

「いや、そなたがわが師であることをどれほど神仏に感謝してもし足りぬ。師よ、一夜研ぎの代金、貸しおいてくれぬか」

「最前も申しました。本日はただ茶を一服振る舞うただけにございます」

ようやく緊張が解けたか、定信の顔に笑みが浮かんだ。

定信が粟田口一竿子忠綱を手に提げて立ち上がった。

「筑前博多の分限者箱崎屋の娘に、これまで喫した茶の中でも格段によい味わいであったと告げてくれ。落ち着いた折り、箱崎屋にも会いたいものよ」

「承知いたしました」

定信が居間から縁側に移り、磐音を振り向いた。

「そなたの周りにはなんとも豊かな人材がおるものよ。羨ましいかぎりじゃ」

「坂崎磐音、人との出会いの運には恵まれております。定信様とお会いできたのも運に恵まれたからにございます」

磐音の言葉に定信が何度も大きく頷き、

「予は、本日の稽古と会話を生涯忘れることはない。礼を申すぞ、坂崎磐音」

といつもの殿様言葉に力が蘇って、尚武館へすたすたと歩いていった。

磐音は、その背中を見詰めながら、

(未だ事態はどう転ぶか分からぬ)

と思った。

二

佐野善左衛門が小伝馬町の揚り屋に押し込められて一夜が過ぎていた。

牢屋敷の日常は始まっていたが、揚り屋付近は異様な静寂に包まれていた。

善左衛門は城中から町中の牢屋敷に連れ込まれたとき、すでに落ち着きを取り戻していた。

牢屋敷の役人に、

「牢奉行石出帯刀どのに申し上げてくれ。それがし直参旗本の身、揚り屋などに押し込まれる謂れなし。仕来りに準じて揚り座敷に移し願おう」

と申し入れた。

だが、城中の騒ぎの興奮が牢屋敷に伝播したかのように、牢屋敷の役人もぴりぴりして、善左衛門の要求を聞き入れなかった。

善左衛門に、その夜、白湯一杯が与えられた。

騒ぎから四刻（八時間）ほど過ぎた深夜、佐野善左衛門のもとに二人の来訪者

があった。牢格子越しに、

「佐野善左衛門政言じゃな」

と姓名を糺した。

「いかにも新番士佐野善左衛門にござる。お手前はどなたにござるか」

善左衛門は声に聞き覚えがあった。だが、外鞘の薄暗い灯りを背にした人物の顔は確かめられなかった。

「大目付大屋昌富にござる」

「そちらは」

善左衛門は二人目の身分も姓名も承知していたが、わざと質した。

「目付山川貞幹」

旗本の佐野善左衛門を監察糾弾するのは若年寄支配の目付である。

「大目付と御目付お二方にて深夜の訪いとは、それがしを然るべき場所に移すためか」

「黙らっしゃい、佐野善左衛門」

山川貞幹が険しい声で叱りつけた。

「若年寄田沼意知どのの容態はいかに」

叱声を無視して善左衛門が反問した。

「おのれ、立場も弁えずさような問いをなすや」

「当番目付どの、どうやら意知どのは生きておられるようじゃな」

「そのほう、己がなしたことを弁えておらぬようじゃな」

佐野善左衛門が薄く笑った。

「佐野どの、覚悟の行動と申されるか」

大屋が山川に代わって糾した。

「大屋様、考え抜いた末にござる。田沼意次、意知父子をわが手で始末し損ねたのは、佐野善左衛門政言一生の不覚にござる」

「老中田沼意次様、若年寄田沼意知様お二人の命を縮めんとする謂れはいかなるものか」

「大屋様、お調べか」

「そう考えられてもよい」

と大屋が答え、佐野善左衛門は、しばし沈黙した。

揚り屋に白け切った静寂が支配した。

善左衛門の沈黙に怒りを感じて山川が口を開こうとしたとき、牢格子越しに異様に甲高い声で善左衛門が叫んだ。

「田沼罪状十七か条」

「なにっ」

「一、私欲を恣に御恩沢を忘れ、無道を行うこと甚だし。
二、依怙贔屓をもって諸役人を引き立て、一党に引き入れしこと。
三、神祖の忌日十七日、婢妾を集め酒宴遊興なしたり。重き役儀の者として不謹慎なり。
四、成り上がり者の家臣の賤女を、お歴々旗本へ縁談取り持ち門閥を造りしこと。
五、蛮国到来の金銀で、神国の通用金を鋳造せし行為、贋金造りに似たり。天下の制禁なり、犯す者磔刑に値す。
六、倅意知を、勤功の家柄の者を差し置き、天下御人もこれなきように、部屋住みより若年寄に抜擢せしこと……」
「黙れ黙れ！」

一気に叫ぶ善左衛門の声を遮って、目付の山川貞幹が怒鳴った。

「御目付どの、未だ十七か条の途中にござる」

善左衛門が低い声で応じた。

「佐野どの、書き付けをお持ちか」

大目付の大屋が善左衛門に質した。

「懐に斬奸状を所持しており申す」

「お渡し願えぬか」

「然るべき時至りし折り、提出申す」

「相分かった。今宵の調べはこれにて終わる」

大屋が言い置き、揚り屋の前から下がろうとした。山川は迷ったように留まった。

「大目付どの、田沼意知の容態やいかに」

善左衛門が繰り返し尋ねた。

「その返答をなせば、田沼罪状十七か条なる書き付けをお渡し願えるか」

「大屋様の返答、真とそれがしが考えたならばお渡しいたす」

大屋昌富は、格子の前に歩み寄り、

「田沼意知様、存命にござる。ただしそなたが与えし両股の傷深く、今晩が山場なりと医師の判断にござる」

牢の中から、ふうっ、と大きな息がして、内側から格子にいざり寄った佐野善左衛門が書き付けを大屋に差し出した。

「頂戴した。数日内に佐野善左衛門どのに沙汰が下ろう。それまで御身大切に神妙に過ごしなされ」

大屋が牢の中に話しかけたが、答えはなかった。

騒ぎの翌日、牢屋敷の下男(しもおとこ)によって白粥(しろがゆ)と梅干、白湯が供された。

「頂戴いたす」

と静かに応じた佐野善左衛門に下男が、

(このお方がかような大事を引き起こされただか)

という眼差しで牢の中の人物を見た。

「田沼意知の容態、知らぬか」

「わしは、知らねえだ」

と在所訛(なま)りが答え、

「朝から読売がおまえ様のことを書き立てているだ。それに落首(らくしゅ)ちゅうか狂歌ちゅうか、高札場(こうさつば)なんぞに張り出されて、お役人が剝がすのに大忙しちゅうだ」

「狂歌か」

てきただ」

「剣先が　田沼が肩へ　辰のとし　天命四年　やよいきみかな、か」

ふっふっふと、佐野善左衛門の満足気な笑い声が狂気を帯びた笑いに変わり、下男は慌てて揚り屋から立ち去った。

小梅村では弥助が今津屋の老分番頭の由蔵とともに舟で戻ってきた。巷で昨日の騒ぎの反応を収集した弥助は、小梅村に戻る前に両国西広小路の両替商今津屋に立ち寄った。すると、ちょうど由蔵が小梅村に坂崎磐音を訪ねるというので、その舟に同乗させてもらったのだ。

昼前の刻限だ。

早速母屋に通された二人は、磐音と対面した。

磐音は由蔵に会釈をして弥助に視線を移した。まず弥助の報告から聞こうと思ったのだ。

「神田橋御門内で治療を続けておられる田沼意知様の容態は刻々悪化しておると思われます。むろん実際の加減は分かりませんが、出入りする医師や家臣らの険しい表情から窺えます。また田沼邸を覆う気が衰運を漂わせて、昨日までの活気がございません」

と弥助が報告した。

予測されたことだった。磐音はただ頷いた。

「さような雰囲気の中、ただ一つ動きがございました。魂消たことに神田橋御門内の田沼邸からいつもどおり四つ（午前十時）前に、老中田沼意次様が登城なされたのでございます」

弥助の報告に由蔵が驚きの顔を見せた。

老中、若年寄の出仕は四つ、退出は八つ（午後二時）と決まっていた。これを俗に、

「四つ上がりの八つ下がり」

と称した。

田沼意次は、嫡男の意知が生死の境をさ迷っている最中、通常どおり登城したというのだ。

「かような折りに出仕とは、どういうお考えにございましょうな」

初めて知った事実か、由蔵が首を捻った。

「世間では、長子が城中で刃傷を受け危篤というときに、親の情より御用が大事かとか、老中職に未練を持っておるゆえの登城かとか言い合うておりますよ」

「弥助さん、世間は口さがないものですよ」

「老分さん、噂ゆえ真偽のほどは分かりませんが、御三家水戸藩主の治保様が、『嫡子の若年寄が深手にて血腥い身をもって登城するとは以てのほか』と怒りを露にしておられるとか、そんな話も囁かれております」

弥助の話に由蔵は得心したように頷き、磐音はしばし考えたのちに言った。

「老中が敢えて登城なされた背景には、われらが与り知らぬ格別の考えがあってのことかと思われます」

「格別な考えとおっしゃいますと」

「由蔵どの、それは分かりませぬ。ですが、昨日の騒ぎによって老中田沼様の権威が早々に揺らぐとも思えません」

「若先生、わっしもそのことは考えました。とすると、佐野様の刃傷沙汰の背後にどなたかが控えておると考え、詮議するためではございますまいか」

弥助の言葉に磐音が即答した。

「これまで政以外で田沼意次様自ら動かれたことはござらぬ。佐野様がだれと関わりを持っていたか、田沼様はすでに昨夜のうちから密偵らに命じて調べさせているはずです。そのためにわざわざ登城して、自ら問い質されるとも思えません」

磐音には意次の登城の意味を察することができなかった。

後々判明したことだが、田沼意次の三月二十五日の登城の意味は、

「嫡子意知の御暇頂戴」

のためであったという。幕府重職の若年寄の身で下級武士の凶刃に深手を負わされたのは、

「武門の恥辱」

ゆえに辞職させたいと将軍家治に願ったのだ。これに対し、田沼父子に絶大なる信頼を寄せる家治は、

「間もこれなき儀につき、役はそのままになしおき、ゆるゆる養生するがよい」

と仰せられたそうな。

その場に老中松平周防守康福が立ち会っていた。

松平康福の娘が田沼意知の正室である。意知は娘婿であったのだ。

だれがどういう理由で洩らしたか、ともあれ意次の登城の意味も家治の言葉も、

真意はどうあれ面白おかしく世間に広まっていくことになる。

とまれ、この時点では磐音も由蔵も弥助も、田沼意次の真意を計り知ることはできなかった。

弥助は報告を終えると由蔵を残して長屋に戻った。

「坂崎様、こたびの一件を主の吉右衛門は甚く案じておられます」

二人だけになったとき、由蔵が言い出した。

「と、申されますと」

「忌憚なくお伺いいたします」

由蔵の言葉に磐音は頷いた。

「佐野様の刃傷に坂崎磐音様がどのような形でも関わってはおられまいなと、旦那様は案じておられるのです。田沼意次様が老中職に就いておられる以上、こたびのことは厳しい詮議が行われます」

「老分どのも、佐野善左衛門どのにわれらが幾たびか惑わされてきたことをご存じでございますな」

「はい」

磐音はこの際、これまで互いが承知していることでも、改めて言葉にして理解し合うべきだと考えた。

「田沼意次様、意知様父子は、それがしにとって家基様、佐々木玲圓、おえいお三方の仇にございます。田沼様父子といつの日か対決し、仇を討つことを願うて参りました。同時にそれがしの思いに共感した松平辰平どの、重富利次郎どのら若い方々がそれがしの考えにいつしか同調し、結果として従わせてきたことを、それがし、案じてきました。田沼様との決着をつけるために若い面々を犠牲にしてよいものか。辰平どのにはお杏どのが、利次郎どのには霧子という二世を契った女子がおります。そのようなお杏どの、霧子を悲しませる行動をどうすれば防ぐことができるか、未だ答えが出ぬままのところに、佐野善左衛門どのがわれらの前に登場なされて、ついにはこたびの刃傷騒ぎを引き起こされました。それがしは、できることなら、佐野どのに田沼様父子に関わりを持ってほしくはございませんでした。一方で佐野どのには佐野どのの恨みつらみがあったのでしょう。これを阻止しようと試みましたが、止めることはできませんでした。それに対する悔いはございます」

「悔いがあるということは、なんら関わりはないのでございますな」

「田沼意知様への刃傷には、坂崎磐音は、関わりがございません。されど」

「されど」

「由蔵どのゆえ、忌憚なく推測を交えて申し上げます」

と松平定信らが反田沼一派を形成し、佐野善左衛門を、

「暗殺者」

に仕立てあげた形跡が窺えることを告げた。だが、刃傷に使われた刀が松平家所蔵の粟田口一竿子忠綱であり、それを弥助がすり替えたことなどは話さなかった。

「やはりさような動きがございましたか」

「由蔵どのはわれらの言動から、薄々察知なされていたのではございませぬか」

磐音の反問に由蔵が頷いた。

「私ども両替商は、老中田沼様の天明の改革には深い関心を持って見詰めてきました。ゆえに昨日の刃傷騒ぎの背景を商人なりに分析いたしました」

「お聞かせください」

磐音は由蔵の立場から、いや、両替商今津屋の立場からの考えを乞うた。

「一つ目は、坂崎様には説明の要もございますまい。新番士佐野様は微禄ゆえ、田沼様の力に縋って猟官をなさっておられた。ご存じのように、田沼家が佐野家

の系図を借り受け、返そうとしなかったことがきっかけとなり、佐野家の知行地上野国甘楽郡にあった佐野大明神の像を横取りしたなど、貢がせるだけ貢がせて、なんの望みも聞いてもらえなかったという恨みを持っておられた。ゆえに佐野善左衛門様は恨みに思うて刃傷に及んだ。となると私怨によるものであったといえましょう」

磐音は首肯した。

「二つ目は、田沼様父子が上様の信頼の上に権勢を確立、私どもに関わる金、銀、銭の三貨を一つに統一する改革を始め、断行したため、私どももこれまで大いに惑わされてきました。私どもを含めてその立場の人間が、佐野様の恨みを利用して、佐野様を使嗾したというものです」

「まだございますか」

「佐野様が乱心なされ、刃傷を決行された。というのも、佐野様はこのところ江戸を離れておられ、昨日が久しぶりの登城であったと聞き及んでおります」

由蔵の言葉に磐音は頷いた。

「無断での奉公怠慢であるならば、当然上役より厳しく叱責されたので乱心した」

「乱心でござるか」

磐音はその線は薄いと思った。

「乱心というならば、なぜ、佐野様は叱責した上役に斬りかからなかったのか。なぜ若年寄田沼意知様が相手でなければならなかったのか、訝しいではございませんか」

城外には、佐野が『山城守どの、佐野善左衛門にて候、御免！』と叫んで斬りかかったことは伝えられていない。

由蔵は言葉を切り、

「最後に一つ」

と言い、しばし間をおいて話し始めた。

「田沼意次様の改革を若年寄田沼意知様が引き継がれることをいちばん嫌っておられるのは、譜代大名方にございます。最前、弥助さんが話された、水戸家藩主徳川治保様が田沼様の本日の登城の一件を非難なされた背景には、譜代大名方に共通する、成り上がり者がご政道を専断しおってという憎しみがあったからだとは考えられませぬか。それが次の田沼意知様になっても続くものと推測されるのです。家斉様が十一代将軍に就かれるようにお決めになったのは田沼意次様にございますからな。家斉様は田沼様父子に借りをつくって将軍に上がられるのでございます。意次様が亡くなり、家斉様が十一代を継がれたとき、意知様が父意次様の役目を果たすことになる。そのことを危惧して、父子二代の田沼政治を消し去っておきたいと行動なされたお方がおられた」

本来ならば家治の次は自分が、

「十一代将軍」

であったと考える松平定信のことを、由蔵は言及しているのか。

磐音は答えない。

「このことは坂崎様も最前私に示唆されましたな。そのような譜代大名方の憎しみを背景に松平定信様が動かれ、佐野様を使嗾する考えに小梅村が同調したと世間に見られることを、旦那様は恐れておられます」

磐音は長いこと沈思したのち、答えた。

「こたびの佐野様の刃傷の黒幕が松平定信様と目されることを、なんとしても避けねばなりません。そのためにわれらは、慎重に行動し、もしその気配があれば一つずつ消し去っていきます」

磐音が言い切った。

三

城中では大目付松平対馬守忠郷が、同僚の大屋昌富と目付の山川貞幹に御用部屋に呼ばれていた。

佐野善左衛門が凶行に及んで丸一日が過ぎようとする刻限だ。

松平忠郷一人の評判が城中で高くなっていた。田沼意知に斬りつける佐野善左衛門を七十歳の老齢の忠郷が羽交い締めにして取り押さえたからだ。

だが、当の松平忠郷の心中にはただならぬ不安があった。

陸奥白河藩の松平定信と密かに連携し、田沼父子追い落としのための、

「反田沼派」

を組織し、行動に移そうとした矢先のことだったからだ。

新番士佐野善左衛門のことは、定信の口から明確に聞いたことはなかった。だが、

「忠郷どの、田沼意次誅殺(ちゅうさつ)の先鋒に心当たりがないことはない」

と告げられたのはほんの数日前のことであった。まさかこのように早く行動に

及ぶとは忠郷は想像もしなかった。

ゆえに佐野善左衛門が下城する若年寄三人に向かって、

「山城守どの、佐野善左衛門にて候、御免！」

と呼びかけて斬りつけたとき、まさか松平定信の放った刺客とは思わず、咄嗟に行動していた。とはいえ、七十歳の思考と体は、すぐには反応しなかった。

(なにが起こったのか)

とまず迷い、

(若年寄田沼意知を仇に思う者がほかにいたか)

と考えた。

その眼前で刃傷の者は一の太刀を振るい、二の太刀を柱に斬り込み、尻餅をついて倒れた意知の股に向かって二度、刀を突き立てた。そのとき、忠郷は武士としての本能に体を衝き動かされ、佐野を背後から羽交い締めにした。

「城中ゆえ刃傷はならじ」

との教えに従って行動したのだ。決して迅速な対応であったとはいえなかった。

だが、その場に居合わせた面々の反応たるや酷いもので、佐野一人を取り押さえるどころか、意知といっしょになって逃げ惑う者、茫然自失して立ち竦む者、御用部屋の杉戸を閉じたまま出て来ぬ者など、刃傷騒ぎに的確敏捷な対応を見せた者はだれ一人としていなかったのだ。

ために老齢の松平忠郷の行動が際立つことになった。

もし、あの瞬間、佐野善左衛門の行動が松平定信と通じてのことと忠郷が認識していたら、忠郷の動きはもっと違ったものになっていたであろう。

ともあれ第一の功労者と呼ばれることに、忠郷は心中複雑な思いを抱いていた。

さらには大屋と山川両人が、

「佐野善左衛門が松平定信に使嗾されて動いたこと」

を摑んでいるとしたら、忠郷の評価はまるで違ったものとなるであろう。反田沼派が摘発されたとき、必ずや松平忠郷の名が出てくるからだ。となると、功労者どころか、

「佐野善左衛門の凶行を助勢した人物」

として捕縛（ほばく）される可能性もあった。

一抹の不安を抱いて御用部屋に入った忠郷は、

「大屋どの、山川どの、お呼びにより罷（まか）り越した」

と緊張の面持ちで挨拶した。

「おお、松平対馬守様、昨日のお働き、あっぱれにございました」

と同輩の大屋が褒め、目付の山川までが、

「古強者の松平様ならではの働きにございました」

とかたわらから口を揃えて称賛した。

大目付、目付合同の調べを言葉どおりに受け取っていいはずはない。そのことを大目付古参の忠郷自身がよく承知していた。

「それがし、ご両人に褒められるほどの行いをなした覚えはござらぬ。七十という齢（よわい）かのう。近頃すべてに動きが遅うござってな、今少し早う動けば、若年寄田沼様が深手を負うことはなかったと後悔しており申す」

「いえいえ、あの騒ぎの最中、咄嗟に刃傷阻止に動かれたのは、松平忠郷様お一人にござった」

と大屋がさらに言い足し、

「本日、お呼び立ていたしたのは、ほかでもござらぬ。佐野善左衛門の行動についてお尋ねするためにござる。松平様は佐野某が動くのをどこで気付かれたのでござるか」

まずは問いに素直に答えることだ、と忠郷は考えた。

「それがし、中之間にて松平恒隆(つねたか)どの、跡部良久(あとべよしひさ)どのら諸役人方と若年寄方の下城を見送るところにござった。中之間から退出なされた酒井忠休様、太田資愛様、それに田沼意知様が桔梗之間に移られたとき、だれぞが大声を上げたようにそれがしの耳には聞こえ申した。すると見送りの諸士が、うわっ、と叫ばれて、逃げ惑われ、それがし、一瞬なにが起こったか、分からなかったのでござる。なんとも無様にござった」

「佐野が叫んだ言葉をお聞きになりましたか」

と山川が訊いた。

「いや、甲高い声が響いたことは聞き取り申したが、そやつがなんと叫んだか、耳が遠いそれがしには聞き分けることはできなんだ」

忠郷の答えに大屋が頷き、

「いかにもいかにも、不意の出来事にござった。だれ一人事態を把握した者はおりませなんだ」

とさらに言い足すと、忠郷に先を促すよう微笑みかけた。

「それがしの眼の前を田沼意知様が必死の形相で逃げられ、佐野某なる新番士があとを追い、羽目之間で刀を振るうのを見て、それがし、ようやく殿中での刃傷沙汰であると知り申した。ゆえに老骨の身を顧みず、その者の背中に飛びつくと、それがしの両の腕を相手の袖下(そでした)から突っ込んで上体を抱え込み、動きを止め申した」

「お見事なる判断にござった」

と大屋が言い、

「その折り、佐野は未だ刀を手にしておりましたな」

と山川目付が質した。

「むろんのことじゃ」

「刀はご覧になりましたか」

「あやつが訳の分からぬことを叫びながら、それがしの鼻先で血刀を振り回すのを見ておりました。そう、刃渡り二尺ほどの、刀とも脇差ともつかぬ刃にござった」

「さすがは松平様、よう観察なされておられる」

目付の山川貞幹が不意に背後にあった刀を忠郷の前に差し出した。

「この刀にござろうか」

と質しながら鞘から抜いた。

未だ切っ先付近に血糊がべったりと付いていた。

松平忠郷は、一瞬にして、

（違う）

と思った。振り回される刃に、

「昇龍の彫り物」

があったとはっきり記憶していた。同時にそのことは秘すべきことではないかと松平忠郷の頭の中で警鐘が鳴った。

昨夜のことだ。

直心影流尚武館坂崎道場の坂崎磐音から書状が届けられたのを思い出したからであった。一面識もない剣術家がなぜ早々に書状を届けてきたのか、昨夜床に入っても考え続けた。

西の丸家基の剣術指南であった坂崎磐音は、家基が鷹狩りの帰路に見舞われた奇禍を、

「田沼父子の手による暗殺」

と確信していると松平定信から聞いたことがあった。

また、家基の死の直後、養父であり師である佐々木玲圓とその妻が殉死し、神

保小路にあった尚武館佐々木道場を潰され、自らは妻を伴い、江戸を離れて流浪の旅に出たことも承知していた。佐々木家には幕府開闢以来の、

「秘命」

が授けられているとの噂を耳にしたこともあった。その佐々木家の後継たる坂崎磐音が突然書状を届けてきたには、理由がなければならなかった。

坂崎は明らかに松平定信が「反田沼派」を形成していることを承知していると思えた。

また佐野某は、田沼父子に家系図のほかに六百二十両を贈り、家計は困窮しているとも聞いた。

となると、あの彫り物が入った一刀はだれのものか。

ふと思いついた。

松平定信邸で見た粟田口一竿子忠綱の一剣をだ。その刀には彫り物があった。となると、佐野某に粟田口一竿子忠綱を貸し与えたのは、松平定信なのではないか。

ただ今眼前にある刀は、下士が持つ程度の道具だった。それに比べて昨日、佐野某が田沼意知に斬りつけた刀は、名のある刀鍛冶の鍛造した刀であった、と確

信できた。

「いかにもこの刀かと存ずる。されど一瞬の間のこと、断定はできかねる」

と応じた忠郷は、

「この刀、あの場で見つかったものなればこれしかござるまい。それがしの記憶では、御目付の柳生久通どのが奪い取られたと思うたが」

「よう観察なさっておられる。いかにもさようでございましてな、柳生どのが凶器となった刀を奪い取ったあと、何者かが、『柳生様、その血刀、お預かり致し候』と言うて、柳生どのの手から血刀を受け取っておられる。松平様はそのことをご存じか」

「いや、それは見ておらぬ。なにしろ大騒ぎでな。この血刀、どこにござったか」

「桔梗之間の文机にござる」

「ならば、あの折りの刀に間違いがなかろう」

忠郷が言い、

「なんぞ訝しきことがござるか」

と二人に反問した。

山川も大屋もすぐには答えなかった。

「探索中のこと、余計な問いでござったな。お忘れくだされ」

「いえ、松平様、佐野善左衛門の用人どもを呼び、質したところ、佐野家の所蔵する刀に間違いないとの答えがござった」

「ならばいよいよ間違いござるまい。それともなんぞ未だ不審がござるか」

「柳生久通どのから血刀を預かった者が判然とせぬままでござる」

と大屋が答えた。

「ご両人、あの場の混乱を直に見ておられぬゆえ、そう申されるのであろう。だれしもが慌てふためき、立ち竦み、逃げ惑うばかりで、それがしを含めて平静を保った者は一人としておらなんだ。己の所業を顧みてもお恥ずかしいことにござった。血刀を預かったはよいが、ともかくどこぞに保管せねばと桔梗之間に置いたのでござろう。そして自らの行為をその者は失念しておるのではあるまいか」

「大いにさようかと存じます」

と大屋が答えた。その口調から、尋問が終わったな、と忠郷は思った。

「田沼意知様のご容態いかがにござるか」

「医師らが必死の治療に努めておられます」

「息災に戻られることをお祈り申す」

大屋と山川が大きく頷いた。

「それがしへの尋問、終わりましたかな」

忠郷は念を押した。

「松平様、ご苦労にござった。そなた様の手柄、上様のお耳にも達しておると聞き及びました」

と最後に大屋が言い添えた。

若年寄田沼意知への刃傷の件を担当する大屋と山川は、

「牢屋敷に参り、佐野善左衛門に再度の尋問をいたそうか」

「それがようござろう」

と言い合った。

「この刀は牢屋敷に持参すべきでござろうか」

と山川が大屋に尋ねた。

「もはや佐野家用人が認めたこと。刃物を持参しては、あやつが再び狂乱するやもしれず、田沼意知様になぜ刃傷に及んだか、動機を糺すことが重要でござろう」

と言い合い、証拠の刀は城中の御用部屋に保管された。

弥助は神田橋御門外の鎌倉河岸の一角から、老中田沼意次の屋敷の甍(いらか)を見ていた。田沼邸に漂う運気がますます衰弱していくのを感じていた。

(どうしたものか)

昼餉を抜いたので、腹が減っていた。

鎌倉河岸の一角を見ると、白酒で有名な酒問屋豊島屋(としまや)に暖簾(のれん)が掛かっているのを見た。

名物の白酒は桃の節句の前に仕込んで、江戸じゅうからたくさんの人が買いに来た。武家方から町人まで、武家屋敷や大店は船や馬で買い求めに来るので、豊島屋では戸口のそばに櫓(やぐら)を組み、その上に医師が待機する場所を設けて、混雑する熱気に当てられ気分を悪くした者を、上に運び上げて治療した。それほど客が殺到したのだ。

だが、もはやその季節は終わり、いつもの鎌倉河岸に戻っていた。

弥助は、白酒と同様の名物、豆腐の田楽(でんがく)を食して腹の足しにしようと暖簾を払った。

広土間では、武家方に奉公する中間（ちゅうげん）や馬方、船頭などがこの刻限から酒を飲んでいた。

「いらっしゃい」

と小僧の声がかかった。

「小僧さん、すまねえ。豊島屋名物の田楽を食わせてくれねえか。昼を抜いたもんだからね」

「へえ、結構ですよ。うちの田楽は大きいから、二つも食えば腹が満たされますよ」

と小僧が奥へ、

「田楽二丁、酒なし」

と大声で通した。

「田楽だけですまねえ」

「いいんですよ。この刻限から酒を飲むほうがふつうじゃないんですから」

と小僧が顔に見覚えのない客を気遣って言った。

「小僧、そう常連を邪険にするねえ。酒でも飲まなきゃ気持ちが収まらねえこともあらあ」

四人連れの中間の一人が小僧の言葉に絡んだ。

「芳さん、ご免よ。お屋敷にいても大変だよね」

「大変なんてもんじゃねえよ。おお、なにしろ意知様の呻き声が屋敷じゅうに響き渡っているんだ。いたたまれねえよ」

中間たちは田沼家の奉公人だった。弥助は隣に座らなかったことを悔いた。

「昨日よりも声が弱々しくねえか」

別の一人が言った。気持ちを集中して田沼家の中間らの話に耳を傾けた。

「血がなかなか止まらなかったそうだからな、体も弱っておられようぜ。お人柄のよろしい若様なのによ、佐野なんとかは、なぜ意知様に斬りかかったんだ」

「最前から何度も同じ話を繰り返すんじゃないよ。佐野って家柄はよ、田沼家の主筋とかでよ、家系図をうちの殿様が借りて返さないとか返したとか、前々から揉めていたんだとよ」

「そんなことくらいでよ、意知様に斬りかかったのか。分からねえ」

「武家方にとって家系図はそれほど大事なものなんだよ」

「まったく、分からねえ」

と言った中間が、

「屋敷によ、今まで見たこともねえような野郎がこれほど出入りするとはな、なんとも得体が知れねえぜ」

「老中の親父様が影の者を動かしてよ、佐野の背後にいる野郎を探り出そうとしていなさるんだよ」

「えっ、佐野の後ろで糸を引いている野郎がいるのか」

「うちは敵も多いや。佐野なんて小者じゃなくて、だれが奴を操っているか、そっちに意次様の怒りは向いていなさるんだよ」

弥助は背筋がぞくりとした。

佐野家の用人の口から粟田口一竿子忠綱の一件が表に出れば、田沼の密偵は松平定信との関わりを手繰り寄せるであろうと思ったからだ。

「おい、意知様がよ、亡くなられたらどうなるんだ」

一人の中間が不意に言った。

「滅多なことを口にするんじゃねえ」

「おれたち、また屋敷から放り出されて渡り中間の身に逆戻りか」

「いや、御大将の田沼意次様がご健在だ。意知様がどうなろうと、また盛り返されるよ」

「そうか、そうだよな。悪いのはうちじゃねえ、佐野善左衛門だもんな」

「お待ちどおさま」

奥から女衆が、山椒味噌が載った豆腐田楽を弥助の前に運んできた。お茶も添えてある。

「馳走になるぜ」

「山は富士、白酒も田楽も豊島屋ってね。うちの自慢の一品、食べてみて」

女衆の言葉に、

「おい、おまち、うちが一大事だというのに、田楽なんぞを食らう客にお愛想を言うことはないだろ」

「源さん、昼間から悪酔いはなしよ。気持ちは分かるけど、うちも商い。お客さんも仕事で昼餉を抜いたんだからね。どんなときでも人間、働いて食べて寝る暮らしが続くの」

「分かったよ、おまち」

女衆に投げやりに答えた中間が、仲間に注意を戻した。

弥助は田楽にかぶりついた。

「おい、源吉、用人様がよ、密かに弔いの仕度をしているそうだぜ」

「えっ、弔いだって。やっぱり意知様は亡くなられるのか」

「台所でよ、そんな相談があったんだとよ」

「やっぱり駄目か、人間なんて儚いな」

「おまちの話じゃねえが、おれたちはなにがあっても屋敷に喰らいついて奉公するしか手はねえんだよ。また振り出しに戻って渡り中間はきついからな」

「せっかくよ、老中田沼様の屋敷に落ち着いたところだからよ」

「そういうことだ」

弥助は二つの豆腐田楽を食べ終えると、

「小僧さん、お代をここに置くよ」

と品書きの値段にいくらか上乗せして膳に置き、暖簾を潜って外に出た。

鎌倉河岸から神田橋御門の横手に田沼邸の甍が見えた。

中間たちの話を聞いたせいか、田沼邸は最前よりなお暗く沈んでいるように思えた。

船着場に霧子の姿が見えた。

四

読売が次々に売り出され、刃傷に遭った若年寄田沼意知の容態を、さも見てきたかのように書き立てていた。その大半の見方は、

「若年寄田沼意知様のお命、風前のともしび、医師ら昼夜の奮闘も空し」

といったもので、内容が空疎な分、大文字が躍っていた。

また落首があちらこちらに張り出されて、それがこたびの刃傷騒動への庶民の考えを反映させていた。曰く、

「東路の　佐野の渡りに　水まして　田沼の切れて　落つる山城」

とか、

「桂馬から　金になる身の　うれしかり　高上りして　歩に取られけり」

と田沼父子の出世譚を揶揄し、金の恨みで新番士佐野某に逆襲されたという見方だった。

赤穂浪士吉良邸討ち入りの原因となった元禄十四年の浅野内匠頭の刃傷騒動もそうであったが、このような騒ぎが起こったとき、庶民の見方は、被害に遭った

人物が権力者であればあるほど、加害者を持ち上げる傾向にあった。

天明四年の刃傷沙汰もそのような傾向に向かっていた。


弥助の探索の結果は、霧子が小梅村の磐音に伝えてくれた。

幕府の調べとは別に、大勢の密偵らを動かす田沼意次の行動は、こたびの刃傷が佐野一人の考えによるものではないとの見方を裏付けていた。

威勢を誇る老中田沼意次が使う密偵、影の者は、磐音には想像もできない数と思えた。それだけに、松平定信へと手が伸びることも考えられた。

磐音は、佐野善左衛門の刃傷が定信と結び付けられることを恐れた。

もし八代将軍の孫にして陸奥白河藩主に田沼老中の手が伸びるとしたら、幕府を二分しての大騒動に発展するだろう。まして天明の大飢饉の折りに、天下は乱れに乱れて、さらに飢餓が増大し、一揆が頻発することも予測された。

磐音は、川向こうの混乱と思惑をよそに小梅村で静かに時を過ごしていた。

夕暮れ前、仏間に籠り、座禅を組んで瞑想し、心を鎮めていた。

庭先から金兵衛と空也の話し声が聞こえてきた。

(この暮らしを護ることこそ己の務め)

と磐音は思った。そのように考えながらも、天明の大飢饉や政変に、いかに剣術家は無力かを考えた。ただ城中の動きを対岸から見ているしか手はなかった。

不意に磐音の耳に懐かしい声が響いた。

(それがしのやり残したツケがそなたを苦しめておるな)

玲圓の声だった。

(佐々木家に伝えられし秘命を継承する身、どう動けばよろしいので)

(動くばかりが手立てではあるまい。無為もまた策)

(無為もまた策、にございますか)

磐音の問いに、玲圓はすぐには答えなかった。

長い沈黙のあと、玲圓の声がはるか彼方から伝わってきた。

(人の命を絶つことではのうて、活かす道を考えよ)

気配が消えた。

玲圓の言葉をどう受け止めればよいのか。

磐音はしばし仏間で座禅を崩さなかった。

「お父っつぁん、どうするの、夕餉を食べていく」

おこんの声が聞こえた。

「おお、もうそんな刻限か」

父と娘の会話を聞いた磐音は、仏間を出た。

「舅どの、本日は小梅村に泊まっていかれませぬか」

「泊まるとなんぞいいことがあるかえ」

「娘や孫と膳をともにする以上のよきことが、この世にございますかな」

「婿どの、それ以上の幸せはないな」

城中の刃傷騒ぎの余波が、次にどのような騒ぎを引き起こすか、だれも考えがつかずにいた。

全盛を誇る老中田沼意次が動くとしたら、幕閣を揺るがし多くの犠牲者が出る。さらには米価などが値上がりして、江戸町民の暮らしにも大きな影響が出ることも推測された。

玲圓は、

(人の命を絶つことではのうて、活かす道を考えよ)

と忠言した。

磐音の脳裏にはこの一報を聞いたときから、

「松平定信」

のことがあった。

佐野善左衛門政言と松平定信の間にどのような密契があったか、磐音は知らない。だが、佐野が行動を起こした背景には定信との約束事があったとしか思えなかった。

若き松平定信にこたびの刃傷騒ぎの累が及ぶとしたら、幕府を二分三分する争いになることは必定だった。

田沼意次の父意行は、紀伊藩主であった徳川吉宗の臣であり、吉宗が八代将軍に就いたのを機に幕臣、旗本へと転じたのだ。その子と孫が十代将軍家治の治世下に権勢を振るい、

「田沼様には　及びもないが　せめてなりたや　公方様」

と謳われるほど、将軍を超えて幕府の全権を一手に握っていた。

その田沼政治に一石を投じたのが、佐野善左衛門という新番士だった。だが定信の思いとは別に、その波紋が自らに降りかかるかもしれなかった。

過ぎし日、松平定信は家治の後継と目されたこともあった。その芽を摘んだのが田沼意次であった。

すべての根は「吉宗」から発していた。

明らかだった。


玲圓は、人の命を護ることを示唆したが、そのために動く時期ではないことも
磐音が縁側に立つと、折れた木刀を削って磐音が手作りした小さな木刀を手に、
空也が素振りの真似事をしていた。

「空也、早、剣術の稽古を始めたか」

「父上、空也は亡くなられた爺上様や父上の跡を継ぐ身です」

回らぬ舌でそう答えた。

「蛙の子は蛙だ、剣術使いの子は剣術使いだとよ」

と金兵衛が笑い、

「父親から見て、空也の筋はどうだえ」

と磐音に問うた。

「血は繋がっておりませぬが、空也の祖父は佐々木玲圓にございます。この歳から研鑽を積めば、それがしを超える剣術家に育ちましょう」

「あら、うちはもう剣術家は十分よ」

男三人の会話におこんが加わってきた。

「母上、空也が父上の跡を継いではならぬのですか」

「そうね、静かな暮らしができるなら剣術家も悪くないけど、空也にはなにか物を創る道に進んでもらえたらと思うわ。でも、それは無理というものね」

「坂崎磐音って大剣術家の血を引いたのが空也だ。おこん、物を創るって、空也を職人にしようってのか」

「職人さんか、それも悪くないわね」

と応じたおこんが、

「お父っつぁん、今日は泊まっていきなさいな」

と話題を転じて、そうするか、と金兵衛も応えていた。


城中では佐野善左衛門政言を取り調べる大目付大屋昌富と目付山川貞幹が判断に苦慮していた。

苦慮の原因は、

「佐野善左衛門一人の考えによる行動」

か、

「佐野の背後に使嗾した人物」

がいるのかどうかの判断であった。

いや、心の中では二人とも佐野一人の仕業ではないと推量していた。だが、その気持ちを互いが相手に伝えるべきかどうか迷っていた。

佐野が刃傷に及んだ相手は若年寄田沼意知だ。だが、佐野が懐にしていた「田沼罪状十七か条」の斬奸状で名指しされ非難された相手は、老中田沼意次であった。

罪を問われた相手は父の意次、斬られた相手は倅の意知である。その矛盾した行動の意味するところは何なのか。

二人のもとにはあらゆる情報と忠言諫言が届けられた。

なにより、二人の調べを超えて老中が密偵や影の者を使い、佐野善左衛門の背後を強引に炙(あぶ)り出そうとしていることが、二人への圧力となっていた。

旗本である新番士佐野善左衛門の行動を監督糾弾するのは目付の職掌である。だが、刃傷の対象が若年寄、その父は老中となると、目付だけの権限で取り調べることは難しい。そこで大名を監督する大目付の大屋が山川を補佐することを命じられたのだ。

御用部屋は森閑としていた。二人だけだった。

晩春だというのに暗く寒かった。

「山川どの、どうお考えか」

大屋は山川を見た。

大名を監察する大目付は老中支配、役高三千石。それに比べて旗本や御家人を取り締まる目付は若年寄支配、役高千石。身分差があった。

こたびの騒ぎの被害者は若年寄、さらに加害者は旗本であった。だが、刃傷を受けた若年寄の父は老中、それも公方様の力を凌ぐともいわれる田沼意次だ。

取り調べ次第では、二人の今後にも大きく影響してくるのは必定だった。

「佐野一人の考えかとのお尋ねにござろうな」

いかにも、と大屋が呟き、山川が頷いた。

「佐野善左衛門を厳しく問い質さば、使嗾した者の名を告げるやもしれませぬな、山川どの」

「それがわれらの務めでござろう」

と応えた山川も、佐野の口から洩れる名に怯えていた。

「大屋どの、意知様のご安否次第とは思われぬか」

二人のもとに集まる情報のうち、田沼意知の容態に関するものはだんだんと厳しいものになっていた。

大屋も山川も意知の死は間違いないと思っていた。

「われらの判断はそれからがよろしかろう」

「いかにも」

二人の考えは一致を見た。

「今一つ」

と大屋が言い出した。

「上様の勘気をどうなさるな」

厄介(やっかい)な騒ぎに、さらに厄介が加わっていた。

刃傷の場に居合わせた者たちの行動の是非を家治が糾していた。

衆人環視の中で佐野が刃傷に走った騒ぎだ、多くの諸役人がその現場を目撃していた。

家治の勘気はまず、同道していた若年寄の酒井忠休、太田資愛に向けられた。同僚が襲われたとき、適切な対応を取らなかったのではないかと糾していた。

大屋と山川は、あの場にあった若年寄をはじめ、南町奉行山村良旺(やまむらたかあきら)、勘定奉行桑原盛員(くわばらもりかず)、同じく久世広民(くぜひろたみ)、作事奉行の柘植正寔(つげまさたね)、普請奉行青山成存(あおやまなりすみ)、小普請奉行村上正清、小普請支配中坊広看(なかのぼうひろみつ)、新番頭飯田易信(いいだかねのぶ)、留守居番堀長政(ほりながまさ)らを問い質していた。

だれ一人として佐野の前に立ち塞がった者はなく、田沼意知を助けようともしなかった者ばかりだった。むろんそれぞれがその折り、あれこれと理屈を述べ立てて己の行動を正当化しようとした。

さらにまずいことに、城中の秩序を維持する役目を負わされた大目付三人、目付が七人もいた。だれ一人、適切な行動をとった者はいなかった。

後々厳しい沙汰を命じられたのは、目付の松平恒隆と跡部良久の二人であった。

この二人は若年寄の退出を見送るために中之間の隅、騒ぎが起こった場所の最も近くにいた。両人ともに止めに走ったと主張したが、一人よりも遠くにいた、七十歳の大目付松平忠郷が佐野を羽交い締めにした事実に鑑み、

「役職怠慢」

との理由で罷免されることになる。

佐野善左衛門の同役万年六三郎ら四人もまた、佐野の尋常ならざる動きを見逃したとして新番組を罷免され、小普請組入りさせられた。

佐野の咄嗟の行動の一の太刀を止めることは叶わなかったとしても、なぜかくも二の太刀、三の太刀を大勢の者が見逃し、傍観していたか。

大屋も山川も諸役人が全員武士の魂を忘れ、怯懦に陥っていたとは考えていなかった。つい動きが遅くなったのは、

「田沼父子への反感」

が心ならずも刃傷の傍観者にしてしまったからではないかと見ていた。

それだけに家治の問い糾しと諸役人方の田沼への反感の狭間で、あの場にいた諸役人の召致を迷っていた。

これも後々のことだ。

評定所で佐野善左衛門の取り調べにあたった大目付大屋昌富は、老中の松平康福から、

「そのほう、騒ぎのとき桔梗之間にいた諸役人、大目付をはじめとする町奉行、勘定奉行はどう考えておるか調べたであろう、正直に申し上げろ」

と糾された。

田沼意知は松平康福の娘婿だから舌鋒鋭かった。

「騒ぎの折り、意知様に同道していた若年寄方の調べが済んでおりませぬ。若年寄方がどう考えておられるか尋ねたのちに申し上げとうございます」

と大屋は言い切った。

ために松平康福の問いはそのまま立ち消えになった。

老中の追及の矛先を躱したこの大屋の一言は、

「佐野を食い止めし松平忠郷様の功績に劣らず」

と城中で密かに囁かれることになる。

「山川どの、上様のご勘気も、意知様の安否がはっきりした後に宥め申し上げるのがよかろう。人の感情というもの、時が過ぎれば薄れるものにござろう」

「いかにもさよう」

佐野善左衛門を取り調べる大目付と目付の二人は、初めて胸襟をわずかに開き合い、互いの考えを統一した。


その夜、小梅村では金兵衛が泊まっていくことになり、住み込み門弟らも呼んで大勢で夕餉をとることになった。

「うむ、霧子の姿が見えないな」

磐音の問いに利次郎が、

「やはり若先生に断ってのことではございませんでしたか」

「弥助どのの探索の手伝いに参ったか」

「はい」

と応えて申し訳なさそうな顔をした。

「師匠一人、探索させるのを案じたのであろう。利次郎どのが止めたところで無駄であったろう」

と磐音が言った。

「おまえ様、かような折りにございます。酒は仕度してございますが、いかがいたしましょうか」

しばし磐音は黙したが、

「吉原も灯りを消して息を潜めておられるという。じゃがかようなときこそ、いつもどおりの暮らしが大事かと思う。一、二本の酒くらい頂戴してもよかろう」

との言葉で女衆が台所に下がった。

「若先生、お尋ねしたきことがございます」

辰平が住み込み門弟を代表するように一同を見回したのち、磐音へ言い出した。

「なんでござろう」

「われらが仕度してきました『尚武館改築祝い　大名諸家対抗戦』のことにございます。城中にて若年寄田沼意知様が新番士佐野様に刃傷を受ける騒ぎが発生し、江戸城中ばかりか大名諸家、旗本衆まで息を潜めて成り行きを見守っておられます。われら、このまま仕度を続けてよいものやら、迷うております」

「それがしもそのことを案じており申した。早うそなたらと話し合うべきでござった」

　と磐音が応じるのへ、

「しばし延期といたしましょうか」

　と利次郎が尋ねた。

「それがし、田沼意知様のご容態を見定め、幕府からの触れを勘案しつつ、最終決断をいたそうと考えておった。利次郎どのの言われるとおり、しばし延期することになろうかと思います。すでに出場を申し込まれた大名諸家には、もう数日様子を見て、延期の通告をいたそう」

「承知しました」

　と辰平が磐音の言葉に応じた。

　いつもは賑やかな大勢での夕餉は、静かに始まり静かに終わった。そして、辰平らも早々に母屋から引き上げた。

鎌倉河岸の船着場に舫った猪牙舟には粗末な苫屋根が葺かれ、その中に二つの人影があった。

弥助と霧子だ。

霧子は師匠の身を案じ、苫屋根を掛けた猪牙舟に食べ物と飲み物を積み込んで、神田橋御門外に向かった。弥助とはすぐに会うことができた。尚武館の密偵方だ、出会う折りの手筈は整えてあった。

「苫屋根にしろ風除けのある舟で夜を過ごせるとは、霧子のお蔭で楽ができる」

と弥助は素直に喜んでくれた。

晩春とはいえ御堀に浮かべた舟だ、夜半とともに寒さが募ってきた。

八つ（午前二時）の刻限を過ぎた頃か、神田橋御門内の田沼邸の夜空に青い光が下りてきた。その光が、すうっと流れて消えた。

弥助も霧子も黙したまま光を見ていた。

「若年寄が身罷られたな」

弥助の呟きに呼応するように田沼屋敷が騒がしくなった。そして、御典医の乗り物が次々に神田橋を渡ってきた。

「間違いねえ」

天明四年三月二十六日未明、若年寄田沼意知が死んだ。

第五章　無為の策

一

天明四年四月三日。

昼下がり、坂崎磐音は吾妻橋西詰船着場に待たせていた猪牙舟に戻った。船頭は霧子だ。

「小梅村に戻りますか」

「願おう」

磐音はしばし間をおいて応じた。

霧子は舫い綱を外し、棹で船着場の柱をぐいっと押して流れに出し、櫓に替えて上流へと向かった。

磐音は船頭の霧子に背を向け、上流を見詰めて黙然と座していた。

霧子も話しかけなかった。

三月二十六日未明に田沼意知は死んだ。だが、その死は伏せられ四月二日まで幕府から公表されなかった。

その間に城中では、佐野善左衛門が田沼意知へ刃傷に及んだ動機を、どう世間に公表するか、「私怨」「公憤」「乱心」と三つの判断を巡り、厳しい駆け引きが行われた。

すでに、佐野の取り調べに当たった大目付大屋昌富、目付山川貞幹の手を離れていた。

幕府評定所の政治的判断に委ねられたのだ。ということは、真実を追求する判断ではない。公表の結果がどう政治に反映するか、新たな権力闘争の始まりだった。

その結果、幕府評定所は佐野善左衛門の刃傷は「乱心」によるものと判断した。

「私怨」「公憤」「乱心」の三説のどれに判断を下すにも、信憑性に欠ける難点があった。

最終的に幕府評定所が、佐野の刃傷の動機を、

「乱心」

と決めつけた最大の理由は、前例に鑑み、「乱心」として処理したほうが、その場に居合わせた役人のだれにも致命的な傷を付けずに収まるという、

「官僚的判断」

であった。

しかし、「乱心」ならば、なぜ佐野善左衛門は若年寄三人が退出する折り、

「山城守どの」

と呼びかけて田沼意知だけに三の太刀四の太刀と斬りつけたのか、ほかの若年寄でもよかったのではないか、との疑問は湧く。その上、斬奸状という証拠もある。にも拘らず事態をより厄介にすることを避け、騒ぎを佐野善左衛門の一時的な錯乱として処理したのだ。

この四月二日の幕府評定所の「乱心」の公表を受けて、翌三日に佐野善左衛門に切腹の沙汰が下った。面倒な火種は早々に消し去る、さすれば幕府内は安泰という措置だった。

佐野善左衛門の切腹は、小伝馬町の揚り座敷前庭で、目付山川下総守貞幹を

検使役に、北町奉行所同心高木伊助が介錯人となって行われた。

新番士佐野善左衛門政言は、二十八歳の生涯を終えた。

佐野の亡骸は、牢奉行石出帯刀から新番組の同僚に下げ渡され、新寺町通東本願寺寺中の神田山徳本寺に葬られた。

霧子から佐野の切腹を告げ知らされた磐音は、霧子の猪牙舟に乗り、小梅村から吾妻橋の西詰に渡り、独り広小路を抜けて徳本寺に向かった。

すると、どこでどう知ったか、多くの人々が東本願寺の周りに群れ集い、騒いでいた。

徳本寺には町奉行所の役人たちが集い、群衆が騒がないよう警戒に当たっているのを見た磐音は、通りを挟んだ八軒寺町の片隅から合掌して佐野善左衛門の冥福を祈った。

「小梅村の若先生」

背に声がかかった。

南町奉行所年番方与力笹塚孫一の声音だった。

「ご苦労に存じます」

との磐音の言葉に、

「茶番に付き合わされるのは迷惑な話よ」

と役人らしからぬ言葉を吐き捨てた。むろん磐音にだけ聞こえる声だった。

「乱心した佐野某が老中の倅に斬りかかったとはな。だれがそんなことを信じるものか」

笹塚孫一は使嗾した者がいると暗に言っていた。磐音はただ小さく頷くと、

「佐野家は改易にございますか」

と訊いた。

「あれだけの騒ぎを起こしたのだ、知行五百石は没収じゃ。先代の隠居政豊どのら一族には累は及ばず、家財は下しおかれた。とはいえ、田沼父子に佐野家の金品はむしり取られて碌なものは残っておるまい。佐野善左衛門の女房は実家の小普請組村上八郎家に戻され、一件落着じゃ」

「笹塚様はなんぞご不満がおありですか」

笹塚の口調の険しさに磐音が問い返した。

「不満な、先の南町奉行牧野成賢様じゃが、刃傷の場に居合わせて貧乏籤を引かされた。大目付という役目柄、即刻取り鎮めるべきところ、怠慢ゆえ、その間に田沼意知が斬られて、結局命を落とす結果になったとの判断が下されたそうだ。

ために『差控え』、つまりは謹慎を命じられるらしい」

「それは牧野様ばかりではございますまい」

「あの場に居合わせたすべての者が臆病怯懦であったわけではなかろう。手を拱いたには拱いたなりの理由がなければならぬ。そうではないか、小梅村の若先生」

「牧野様の同輩松平忠郷様は、佐野様を羽交い締めにして取り押さえられたとのことではございませぬか」

「それとて、刃傷の頃合いを見てのことではないのか」

笹塚孫一の言葉には含みがあった。どれほど真実を承知でこのような言い方をしているのか、磐音は黙しているしかなかった。

磐音が反応しないことに業を煮やしたか、笹塚孫一が磐音にさらに身を寄せ、囁いた。

「こたびの騒ぎでよかったことが一つある」

「なんでございますな」

「そなたが関わらなかったことだ」

「……」

「家基様、佐々木玲圓、おえい様夫婦の仇をそなたが討つと心に固く誓うていたことは、知る人ぞ知ることよ。佐野善左衛門の『乱心』で先を越された」

「そのような……」

「ことはないと申すか。小梅村の尚武館坂崎道場が反田沼の急先鋒であることを、世間が知らいでか。だがな、若先生、驕る平家は久しからず。老中の行く末をここに集まった群衆が暗示しているとは思わぬか。そのうち、神田山徳本寺の佐野善左衛門の墓は、佐野大明神などと奉られるやもしれぬぞ」

「佐野家にとってなんの関わりもない所業にございましょう」

「いかにも佐野家には関わりがない。だがな、このあと、老中田沼意次の言動次第では、城中からこの群衆までもが、天明の大飢饉を引き起こした科人探しを始めよう」

「天明の大飢饉の元凶が田沼様父子と申されますか」

「元凶がだれか、そんなことは関わりない。佐野が奉られれば奉られるほど、田沼意知の死は必ずや貶められる。それが世間というものよ」

磐音は黙っていた。

「昨日のことだ。田沼意知様の亡骸を囲んだ葬列が、神田橋の田沼邸を密かに出て、菩提寺(ぼだいじ)の駒込勝林寺(こまごめしょうりんじ)に向かったと思いねえ。すると、乞食(こつじき)らが葬列に向かって物乞いを始めたそうな。田沼家の供の者が乞食を追い払ったところ、なにもくれないというので、乞食が若年寄の葬列に向かって石を投げ始めた。するとな、それを見ていた町人までもが投石し、葬列に悪口を浴びせかけたというじゃねえか。真っ昼間のことだぜ」

笹塚孫一は話しているうちに興奮してきたか、口調が伝法(でんぽう)になっていた。

「なんということが」

「そればかりじゃねえぜ。昨夜のことだ、神田橋の田沼邸の前でよ、『いやさの善左て、血はさんさ』と、はやり歌をもじった文句で歌いはやした連中がいたというぜ」

磐音は笹塚孫一の言葉を聞いているしかなかった。

胸の中にどーんと居座っていたものが突然掻き消えた感じがしたが、爽快とはほど遠い、なんとも居心地の悪いものだった。

「町方役人のわしが言いたいことはだ、だれが企てたか知らないが、倅の田沼意知への佐野某の刃傷は、親父様の権威までをも失墜させたということよ」

笹塚孫一の考えは、鵜飼百助と同じ解釈だった。

「老中田沼意次様は健在にございます」

磐音は抗弁した。

田沼の反撃が始まると心の片隅で考えていた。ならば、坂崎磐音の生きていく意味が新たに生じてくる。

「そう思うかえ、坂崎磐音さんよ」

「老中の権勢は、余人には考えられぬほど大きなものにございます」

「そう考えないと、おまえさんの生きていく意味がないか。つまらねえ」

と笹塚が吐き捨てた。

「一代抱席の与力風情が余計な節介とは分かっている。坂崎磐音は剣に生きる武士、それも江都一の剣術家だ。こたびの騒ぎで右往左往する役人どもが争う政なんぞに関わっちゃならねえ。わしが言いたいのはそれだけじゃ」

笹塚孫一がすいっと磐音のかたわらから姿を消した。

四半刻、磐音は霧子の操る小舟に乗り、隅田川を小梅村へと目指していた。

「霧子、しばらく舟を上流に向けたままにしてくれぬか。いや、行き先は格別にない」

「承知しました」

霧子が応じて、磐音の願いどおりにゆったりとした舟足で隅田川右岸沿いに漕ぎ上がっていった。

磐音の胸の中にぽっかりとした洞が空いたようで、虚ろな風が吹き抜けていた。

田沼意次が坂崎磐音の前に立ちはだかったのはいつのことか。

磐音がその敵意を感じたのは、安永五年（一七七六）の日光社参以降、西の丸家基の命を狙う田沼一派が磐音にも刺客を差し向けるようになってからだ。そしてそれは、家基暗殺と佐々木玲圓、おえいの殉死によって、明確な敵対関係へと変化していった。

笹塚孫一は、

「もはや倅の田沼意知の死によって父の田沼意次も力を失った」

という。

だが、あれほど権勢を誇った田沼意次が、将軍家治でさえ意のままに利してきた田沼意次が、このままむざむざと引き下がるはずもない、と磐音は考えていた。

（ただ今なにをなすべきか）

磐音は己に問うた。

笹塚孫一は本然に戻れと諭した。養父にして師は、

(人の命を絶つことではのうて、活かす道を考えよ)

と諭した。そして、

(無為もまた策)

と告げた。

無為とは、笹塚孫一が剣の道に戻れと言ったことと同じ意ではないか。

「霧子、舟を回してくれぬか。小梅村に戻ろう」

「はい」

と応えた霧子は右手に鐘ヶ淵を望む辺りで方向を転じた。

流れに乗った猪牙舟の櫓は動かされなかった。

流れの先を見ていた磐音が、霧子に向き合うように座り方を変えた。

「若先生、こたびの騒ぎでなにか変わりましょうか」

霧子が磐音の顔を見て問うた。

「変わらねばならぬと思われた方々はそう願うておられよう。坂崎磐音には分からぬ。ただふだんの暮らしに戻ろうと思う」

「ふだんの暮らしと申されますと」

「われらは剣の道を究めるために日々修行をなしてきた。その本然の道に戻ろうと思う」

「川向こうのお方が若先生の生き方を許されましょうか」

「その折りはその折りのこと。そうは思わぬか、霧子」

磐音の反問に霧子は答えなかった、答えられなかったのだ。

「辰平どのや利次郎どのが考えられた『尚武館改築祝い　大名諸家対抗戦』は、騒ぎが鎮まるまでしばし延期せねばなるまい。それがし、小梅村に戻り、出場を願われた大名諸家に詫び状を認める」

「出場を所望なされた大名家でも、若先生からの詫び状が届けば、ほっと安堵なされましょう」

「われらはわれらの修行に専念いたす。坂崎磐音には、さような尚武館改築祝いの対抗戦を催す力がなかったのだと、天がお諭しになったのだと思う」

「いえ、違います。若先生に、大道を堂々と歩けと命じられたのです」

と言い返した霧子が、

「生意気なことを申しました」

「霧子、詫びるようなことではない」

しばし沈黙が小舟を支配した。

「霧子、小梅村を巣立たぬか」

不意に磐音が言った。

「えっ、どういうことでございますか」

「利次郎どのの豊後関前藩仕官を改めて進めてみようと思う。それを機に霧子、利次郎どのと祝言(しゅうげん)を挙げよ」

霧子は返事ができなかった。磐音の真意が分からなかったのだ。

「そなたらだけではない。辰平どのとお杏どのの祝言も執(と)り行い、一家を立てよ。こたびの騒ぎが変えたことがあるとしたら、このことやもしれぬ」

「若先生、もはや田沼様との戦いはないと申されるのでございますか」

「これほどの権勢を誇ってこられた田沼意次様だ、老中の周りにはいろいろと考えられる家臣や取り巻きもおられよう。ゆえに小競(こぜ)り合いはあるやもしれぬ。だが、もはやそれがしと田沼意次様が正面きって戦う場面は消えたかと思う」

「すぐには考えられませぬ」

「辰平どのとお杏どのには、それがしとおこんから話そうと思う。霧子、そなたの口から利次郎どのにそれがしの気持ちを伝えてくれぬか」

霧子は沈思して応えなかった。長い沈黙のあと、櫓に力がかかった。小舟の速度が上がった。

「はい」

と霧子の返事が磐音の耳に届いた。

江戸から遠く離れた出羽国山形で迷う女子がいた。紅花商人前田屋内蔵助の妻であった奈緒だ。

二年ほど前、紅花畑を見廻りに行った内蔵助が馬に蹴られて半身不随になった事故が不幸の始まりだった。一年半余の治療のあと、内蔵助が亡くなり、前田屋の先を見越した奉公人がお店の金を盗んだばかりか、紅花問屋の株から家屋敷まで売り払って逃げていた。

奈緒は長男の亀之助、次男鶴次郎、長女お紅の三人の幼子の面倒と半身不随の夫の看病のため、お店を番頭らに任せていたことが仇となった。

内蔵助が亡くなったとき、すべてを失ったが、金貸しが土地のやくざ者を連れて、

「お内儀、まだうちにも内蔵助の旦那の証文があるんだがね」

と無一文になった奈緒を強請り始めた。

そんな境遇の奈緒一家を見かねた紅花栽培の百姓家が、

「うちに逃げてこらっせ」

と納屋を無料で貸し与えてくれた。

三月ほど前のことだ。

日々の暮らしにも困る奈緒に、なんと磐音が今津屋を通じて百両もの金子を届けてくれた。その上、今津屋の配慮で、その金子は山形城下の両替屋預けにして、暮らしに入り用な分だけ受け取る手続きがなされていた。

奈緒一家は、紅花農家の親切と磐音や今津屋の厚意の金子で、亡くなった内蔵助の一周忌までは山形で暮らす心積もりでいたのだ。

だが、どこから聞き及んだか、奈緒一家がひっそりと暮らす納屋にまでやくざ者を従えた金貸しが乗り込んできて、散々脅し文句を並べていくようになった。

「金子など一文もございません。他人様のご厚意でなんとか飢えを凌いでおります」

と言う奈緒に、やくざ者が金貸しに向かって、

「どうでえ、旦那。この女、江戸の吉原で白鶴太夫の名で売った花魁というじゃ

ありませんか。鶴岡辺りの女郎屋に叩き売ったら、未だ十両やそこらにはなりませんか」

とけしかけた。

「十両ぽっちじゃどうにもなりませんけど、最後はそうしますか」

と会話するのを聞いた奈緒は、もはや内蔵助の一周忌まで山形領内で暮らすのは無理だと悟ったのだ。三人の子を連れて、磐音が送ってくれた金子を頼りに江戸へと逃げる決心を固めた。

だが、まだ街道には雪が残っているところもあった。それに男の手助けがいると思い、女衒の一八に助けを乞う書状を出した。一八が夏にもふたたび山形領内に、

「女集め」

に来ることを言い残していたからだ。

金貸しとやくざ者は十日と空けず、金の工面ができたかと催促に来た。その都度、ただ今江戸に無心の書状を送っているからもう少し待ってくれと、辛くもその矛先を躱していた。

一八の助けがあれば、両替屋に残った金子でなんとか江戸まで逃げられる、と

奈緒は微かな望みを託していた。

二

磐音は小梅村の母屋に帰宅すると、仏間に入り、合掌した。気持ちの整理をつけたことを、先祖の霊や亡き友らに報告したのだ。

その上で「尚武館改築祝い　大名諸家対抗戦」の開催を延期する旨の詫び状の下書きを認めた。

理由は、偏に尚武館側の受け入れ仕度の遅れであるとした。だが、受け取る側はだれしも、三月二十四日の刃傷沙汰が発生した直後のこと、尚武館がこの事態を受けて斟酌したと理解するのは明々白々だった。

刃傷騒ぎの行方を見守って江戸じゅうが新規の試みを自粛していたからだ。

下書きができたところで辰平らを母屋に呼んだ。そのことを霧子から聞いていた辰平と利次郎は、書道が達者な田丸輝信と小田平助を伴い、母屋の居間を訪れた。

弥助と霧子は騒ぎの情報を集めるために川向こうに出かけていた。

「昨日、若年寄田沼意知様が身罷られたことが幕府より発表され、それを受けて本日、佐野善左衛門政言どのに切腹の沙汰が下った。牢屋敷内の揚り座敷前庭にて検使役に目付山川貞幹様、北町奉行所同心高木伊助どのが介錯人に命じられ、刑罰が執行された。すでに佐野どのの亡骸は、東本願寺寺中徳本寺に埋葬された」

と見聞したことを告げると、しばし言葉を切り、

「やはり尚武館改築祝いの対抗戦開催は、時節を外すべきと考えた。田沼意知様、佐野様は亡くなられた。その上、刃傷の場に居合わせた諸役人も大勢おられ、その折りの対応不手際に何らかの沙汰が下されるのは必定とのこと。すでに自ら謹慎なされたお方もおられるとか。かような事態を鑑みるに、尚武館改築祝いと銘打った対抗戦の開催は、やはり慎むべきかと存ずる」

磐音の言葉に四人が頷いた。

延期を記した詫び状の下書きを四人に見せた。辰平から順に回った下書きを小田平助が読み、

「若先生、この際、遠慮するのはくさ、致し方なかろ。ばってん、どれほどの月日、延期を考えておられると」

と尋ね返した。

「小田どの、事態は鎮まったわけではござらぬ。騒ぎが沈静化し、世間が落ち着くのを待っての判断になろうかと存じます」

予測されたこととはいえ、磐音の言葉にいささか拍子抜けした感の辰平らも、同意せざるを得なかった。

「若先生、延期の通知は一日も早いほうがようございましょう」

田丸輝信が磐音に尋ねると、磐音が頷きながら問い返した。

「ただ今どれほどの申し込みにござったか」

「三十七家にございます」

と辰平が答え、輝信が、

「三十七通の書状か。今晩から認めはじめますが、二日から三日はかかりましょう」

「輝信どのには負担を強いるが、母御直伝の青蓮院流の腕前で願います」

との磐音の言葉で「尚武館改築祝い　大名諸家対抗戦」の延期の詫び状作成が正式に決まった。

町に出ていた弥助が霧子をともなって、二人して母屋に姿を見せた。

「弥助どの、ご苦労でした」

　磐音は、佐野善左衛門の刃傷騒動の前後にだれよりも心を砕き、動き回った弥助を労った。

「いえ、わっしのことは」

　と応じた弥助が、

「若先生、佐野様の切腹で世間の騒ぎが鎮まるどころか、どうやら益々大きくなるようでございますよ」

「すでにお二人は、それぞれの菩提寺に葬られておられように」

「駒込の勝林寺はひっそりとして、新仏の墓前では田沼家の家臣が警戒に当たっておりますそうな。悪戯なんぞをされない用心でございますよ。それに比べて新寺町通の佐野家の菩提寺には、参詣者が引きも切らずでしてね。だれが詠んだか、『角鷹の　眼をさましけり　ほととぎす』って句が捧げられたそうです。生前の佐野善左衛門様には、わっしらもあれこれと引きずり回され、多大な迷惑をかけられました。ですが、亡くなられたあと、佐野大明神に奉られる気配なんでございますよ」

　そんな世間の動向の背後には、田沼父子の専断政治があったことは容易に推測がついた。

それは田沼意知が佐野から刃傷を受けた際、居合わせた諸役人が直ちに助けに走らなかったのと同じ感情から発しているものと思われた。

この刃傷沙汰をきっかけに、田沼政治への批判がはっきりとしたかたちで噴き出していく。まさに「角鷹の　眼をさましけり　ほととぎす」と詠まれた句どおりに、佐野がほととぎすの役目を果たしたのだ。

後々のことだ。

徳本寺の佐野善左衛門の墓には日に日に参詣の人が集まり、寺の本堂の賽銭箱には毎日十四、五貫もの銭が投げ入れられ、門前には花や線香を売る露店が出て、境内では四斗樽に水を入れて売る者も現れるようになる。また佐野の墓前には多くの仏花が飾られ、線香の煙が朝から夕べまで絶えずもうもうと立ち昇るようになる。

刃傷沙汰を引き起こした罪びとに対して、江戸庶民はそのように遇した。

元禄十五年十二月十四日に吉良上野介の屋敷に討ち入った赤穂の四十七士が葬られたあと、参詣の人々が絶えなかったのと同じ現象が巻き起ころうとしていた。

この現象の背景には、田沼父子に集中した絶大な力への反感に加え、いつ果てるとも知れない天明の大飢饉への不安があった。

天明二年の凶作をきっかけに、その翌年には浅間山の大噴火で関東一円に甚大な被害がもたらされ、この天明四年には大飢饉が江戸に迫っていた。米の値段が高騰し、長屋の住人でさえ白米を食うのが当たり前の江戸の暮らしが切迫していた。

ところが佐野善左衛門の切腹が行われた翌日から、不思議なことに米の値が下がり始めたのだ。ために、

「佐野善左衛門様は人に非ず、諸人お救いのためにこの世に遣わされた」

と佐野を祭り上げ、

「世直し大明神」

と崇め始める。

「ご一同、われら剣術の道に勤しむ普段の暮らしに立ち戻ります」

との磐音の宣告を受け止め、尚武館の一統は川向こうの騒ぎとは一線を画することにした。

数日後の夕刻のことだ。小梅村に箱崎屋次郎平が今津屋吉右衛門と連れだって

やって来た。

応対したのは磐音だ。おこんとお杏が急な来訪の接待を務めた。むろん二人の小梅村訪問は、坂崎磐音を案じて様子を窺いに来たのだ。

磐音が、「尚武館改築祝い　大名諸家対抗戦」を延期したことを告げると、吉右衛門が、

「よいご判断でございます」

とその決定を即座に支持した。次郎平も、

「私どもも、えらい騒ぎの折りに江戸を訪ねたものでございます」

と深刻な顔を見せた。

「江戸で開かれる店の仕度などに差し障りが出ましょうか」

「いえ、坂崎様、もうそれは今津屋さん方の手伝いでほぼ目処が立っております。しかしながら、この騒ぎがどちらの方向に向かうか、推測もつきませんでな、店開きするのがよいか、こちらの企てと同じように遠慮したほうがよいのか、気持ちが定まりませぬ」

次郎平が悩みを正直に打ち明けた。

「次郎平様、尚武館の改築祝いとはいささか異なり、江戸の人びととのお役に立つ

お店開きでございます。予定されたとおりになされてはいかがですか。幕府もそのような企てに注文は付けられますまい」

　磐音の考えであった。

「私も箱崎屋さんに同じことを申し上げたところです。そろそろ箱崎屋さんの船が荷を積んで江戸に姿を見せられる頃。商機を逃してはなりません」

　と吉右衛門も言葉を添えた。

　そこへおこんが姿を見せ、

「時分どきでございます。なんの仕度もしておりませんが、箱崎屋様のお店開店の内祝い、一献差し上げてようございますか」

　と磐音に伺いを立てた。

「お二方の冥福を祈って、内々で酒を酌み交わすくらいよかろう」

　と磐音が答えて、膳が整えられた。

　おこんとお杏が加わり、座が幾分華やかになった。

「昨夜もおこんと話したことです。こたびの騒ぎがわれらに変化をもたらしたことがあるとしたら、辰平どのとお杏どののことではございますまいか。騒ぎが鎮まったのち、辰平どのとお杏どのの祝言、いつなりとも催せましょう」

磐音の言葉を吉右衛門も次郎平もこう受け止めた。

坂崎磐音は、家基の仇を討つという積年の考えを放棄したのではないか、田沼意次との戦いを終わらせる覚悟をしたのではないか、と推測したのだ。

「嬉しいお言葉ではございませんか、お杏さん」

吉右衛門がお杏に話しかけた。

「私はようございますが、辰平様はいかがお考えでございましょう」

「辰平どのが斟酌するのは福岡藩黒田家の意向でござろう。過日の集いを考えても、黒田家が案じられるのは、こたびの騒ぎがいつの時点で鎮まるかにございましょうからな」

お杏の問いに磐音が答えた。

「内々の祝言ならば、黒田家はいつなりとも承知なされましょう」

次郎平が言い切った。博多城下の大商人と黒田家は長年密接な関わりがあった。ために黒田家の意向を次郎平はだれよりも承知していた。

「次郎平様にお伺いいたします」

おこんが言い出した。

「今後の段取りにございますが、辰平さんが黒田家に仕官される以上、福岡城下での祝言をお考えにございますか」

お杏がおこんを見た。

過日の両家の集いには、今津屋吉右衛門夫婦に老分の由蔵ばかりか、箱崎屋次郎平の望みで福岡藩黒田家の江戸家老黒田敬高と中老の吉田保恵が出席していた。ためにに松平家、箱崎屋両家の顔合わせに終わり、具体的なことは話されなかった。そのとき辰平は、黒田家に即座に仕官することは辞退していた。理由は、積年の因縁の田沼意次、意知父子との戦いに辰平も参戦したいと強く望んだからだ。

だが、事態は急転直下変わろうとしていた。

磐音がこの場で、辰平とお杏の祝言話を持ち出した理由でもあり、おこんが今後の祝言の段取りを次郎平に尋ねた背景でもあった。

「坂崎様、おこん様、辰平様は松平家の嫡子ではございません。うちの杏も三女にございます。辰平様が仕官ののち、筑前福岡に向かわれ、杏とあちらで祝言を挙げるのもようございましょう。ですが辰平様は江戸育ち、師匠の坂崎様をはじめ、多くの知り合いは江戸におられます。私がいるうちに江戸で祝言するのも一つの考えかと存じます。そして、辰平様が正式に仕官され、福岡入りされた折りに時節を見て、福岡にてお披露目をすればと考えましたが、いかがですかな、おこん様」

「さすがは異国をも承知の箱崎屋次郎平様、まさに妙案、大変宜しゅうございますね」

「おこん様に褒められました」

次郎平が満足げに微笑んだ。

「若先生、おこん様、お尋ねしたいことがございます」

お杏が口を挟んだ。

「私どものことはさておき、同じ立場にある重富利次郎様と霧子さんのことは、どう考えておられますので」

お杏は、利次郎と霧子のことを案じたのだ。

「それがし、箱崎屋次郎平どのがお見えになったで、つい己の胸の内を話してしもうた。当然、利次郎どのと霧子のことも考えねばならぬ」

「若先生、お二人と霧子さんをこの場にお呼びいたしましょうか」

お杏が磐音とおこんの顔を見た。

「辰平どのや利次郎どのは田丸輝信どのを手伝い、大名諸家対抗戦の延期の書状を認めておられよう。過日、霧子にはこのことを話してあるゆえ、利次郎どのに伝わっておりましょう」

　磐音の言葉を受けておこんが、

「物事知らずの深川六間堀育ちの女子が、ふと思いついた考えにございます。お話ししてようございますか」

「おこんさんにしては、いささか慎重な物言いですな」

　旧主の吉右衛門がおこんを見た。

「いささかどころか著しいお節介にございますゆえ、言い淀んでおります」

「お聞きしましょう、おこん様」

　次郎平が催促した。

「私にとって辰平さんと利次郎さんは、弟に等しい若者です。また実の両親を知らぬ霧子さんは、坂崎磐音と私を、それに弥助様を身内同然に考えておられます。今、私どもの前に新たな身内が増えました。箱崎屋様の三女お杏さんです」

「おこん、さようなことは、この場におられる方々は承知のことではないか」

「亭主どの、いかにもさようです」

「おこんさんが持って回った言い方をするときは、なんぞ企てがございますよ。坂崎様、拝聴しましょうかな」

吉右衛門の言葉に頷いた磐音がおこんに催促した。

「お叱りは承知の上です」

「そう重ね重ね断らずともよかろう」

おこんが息を整えた。

「辰平さんとお杏さん、利次郎さんと霧子さんの祝言、この小梅村でいっしょに催すことはできませぬか。辰平さんも利次郎さんも跡取りではございません。ゆえにさようなことを思いつきました」

「合同の祝言ですか。初めて聞きました」

と吉右衛門が言い、

「面白い趣向でございますな」

と次郎平は乗った。

「ううむ」

と磐音が呻くのへ、

「亭主どの、私どもも豊後関前での仮祝言、そして尚武館での祝言と二度祝いをなしましたよ」

おこんが言い添えた。

「よいことをお聞きしました。最前も申しましたが、辰平様と杏はのちに福岡城下でお披露目をすればよいことです」

おこんの言葉を受けて次郎平が、どうだ、とお杏を見た。

「思いがけないおこん様のお考えです。兄弟同然の辰平様と利次郎様、それに霧子さんとこの私、なんとも面白い組み合わせの祝言で賑やかになりますね、お父っつぁん」

「私も気に入りましたよ、おこんさん」

吉右衛門も賛成した。

「おこん、となれば、松平家、重富家の了解を改めて得ねばならぬな」

「両家とも反対はなさりますまい」

「いやはや、小梅村が賑わうことでしょうな。婿二人のほうの関わりから申して福岡藩、土佐藩、それに豊後関前藩と、三家の方をお招きせねばなりますまい。それに坂崎磐音様の関わりから箱崎屋さんの筋、大変な人数になりませぬか、若先生」

「吉右衛門様、まずは両家に許しを得るのが先。天明の大飢饉にこたびの騒ぎと厳しい時節です。内々に催すことを考えたほうがよろしいかと存じます」

磐音が吉右衛門に釘を刺した。

「尚武館改築祝い　大名諸家対抗戦」の催しが消えて、辰平とお杏、利次郎と霧子の祝言が浮かび上がってきた。

この夜、今津屋吉右衛門と箱崎屋次郎平を乗せた船宿川清の小吉船頭と助船頭の屋根船を、尚武館の猪牙舟が送ることになった。猪牙舟には、辰平と利次郎が乗り、船頭は霧子が務めた。

このようなご時世だ。江戸と博多の大商人になにが降りかかってもいけない、と磐音が用心してのことだった。すると、お杏が、

「私も同行してはいけませんか」

と断って猪牙舟に乗り込んだ。

帰り舟で最前の話をする心積もりだろうと磐音は考えた。

二隻が船着場を離れるのを見送っていた磐音の傍に、弥助がすいっと近づいてきた。

「なんぞございましたか」

弥助に新たな緊張があるのを感じ取った磐音が訊いた。

三

「田沼意次様が動かした密偵どもが、倅どのの刃傷の背後に松平定信様がおられたことを嗅ぎつけたようでございます」

田沼意次は跡継ぎを失ったあとも、変わりなく精勤していた。淡々と御用をこなすことで、何事もなかったかのように周囲に見せていた。

「松平定信様と佐野様を結びつける証は、佐野様が切腹された今となってはなにもなかろう。なにを質されても、佐野善左衛門などという人物に心当たりはないと押し通されるしかあるまい」

弥助の報告によれば、

「鉢植えて　梅が桜と咲く花を　たれたきつけて　佐野に斬らせた」

という落首が町に流行っているという。世間でも佐野をたきつけた人物がいるとの考えが広がっている証だった。

「ただ今の田沼様に、定信様を追及する余裕はございますまい」

弥助の言葉を聞きながら磬音は、

（そう都合よく事が終わるものであろうか）

と考え、気を引き締めた。


数日が過ぎた。

偶然のことだろうが、佐野が新寺町通、浅草徳本寺に埋葬された翌日から、高値だった米の値段が下がり始めた。そのことで佐野を、

「世直し大明神」

と崇め、日を追うごとに参詣に訪れる人の数が増えていた。

一方城中では刃傷の場に居合わせた諸役人の処罰が進んでいた。だがそれは、佐野の切腹が執行され、口が封じられた今、辻褄を合わせるために精々、

「差控え」

つまりは謹慎程度の処罰だった。

城の内外の雰囲気は一変していた。

「佐野の起こした一件は世の中が明るくなる兆し」

と人は見ていた。

佐野善左衛門の刃傷が老中に及び、意次が亡くなっていたとしたら、倅の意知

が即刻老中に任命され、田沼政治がさらに長く続いたはずだ、という予測からだった。

田沼意知は、親の威光で若年寄に昇った人物にすぎぬと世間では見られてきたが、田沼意次の政治改革を考えていくとき、想像以上に重要な、

「鍵」

の役割を担っていたことを、その死が証明した。

家治の子である家基の「死」のあと、意次が中心になり、

「次の将軍」

として家斉を家治の養子に選び、田沼家は、次なる治世にも影響力を行使する体制を作り上げていた。しかし、予期せぬ意知の横死により、

「田沼時代は終わった」

という漠然とした気分が城の内外で醸し出された。

磐音とおこんは、そんなある日、松平辰平とお杏、重富利次郎と霧子を母屋に呼んだ。

四人だけが母屋に呼ばれた用件を知ってか知らずか、いささか緊張した表情で

やってきた。

磐音とおこんは、過日の話を受けて、お杏が磐音とおこんの考えを三人に伝えているのではと考えていた。だが、その緊張の様子から、お杏が話していないことを二人は悟った。

「辰平どの、利次郎どの、そなたらが中心になって企ててきた『尚武館改築祝い大名諸家対抗戦』が延期になったことを詫び申す」

磐音は改めて謝罪の言葉を口にした。

「いえ、だれが考えてもこのご時世での祝い事は遠慮したほうがよかろうと存じます。若先生、われらに斟酌なさる要はございません」

利次郎が即座に応じた。

「そなたらの気持ちを無にしたようでな、申し訳なく思うておる」

と胸中の考えを言い足した磐音が、

「田沼意知様の死は様々なかたちで城内外に影響しておるようじゃ。佐野様の切腹で騒ぎはいったんけりがついたとも思えるし、また新たな騒動が持ち上がると申される方もおられる。それはそれ、われらは剣の道にいつもどおりに勤しんで修行する、ただそれだけにござる」

辰平と利次郎が頷いた。

「そなたらに聞いてもらいたいことがある」

「なんでございましょう」

利次郎が問い返し、辰平も霧子も訝しげな顔をした。

「辰平どのは、行く行くは筑前福岡藩へ、利次郎どのは豊後関前藩への仕官が決まっておられる。両藩ともに、そなたらの仕官を即刻でもかまわぬと言うてくだされたが、二人の意向でしばし時節を見ることにいたした。その経緯は改めて説明するまでもない。じゃが、ここにきて事態が変わった」

辰平と利次郎は思いがけない言葉に驚きを見せた。

霧子の手がそっと利次郎の膝に置かれた。話を最後まで聞きましょうとの合図だった。

「剣の道は生涯の修行、果てはござらぬ。小梅村での住み込み修行だけが修行ではなかろう。次なる道へと進むべきところを、そなたらはとある事情で先延ばしになされた」

利次郎が頷き、磐音が言い切った。

「それがし、翻意いたした」

辰平が視線を磐音に向けた。

「松平辰平どの、重富利次郎どの、筑前福岡藩、豊後関前藩の仕官話を早急に実行に移されぬか」

利次郎が辰平の顔を見た。

「若先生のお話は終わっておらぬぞ、利次郎」

利次郎が頷いた。

「そなたらの了解が得られたならば、それがし、両藩に改めて願う所存にござる」

辰平も利次郎も無言だった。

「両藩の承諾を得られた暁には、辰平どのはお杏どのと、利次郎どのは霧子と祝言を挙げられぬか」

「な、なんと」

利次郎が驚きの声を発したが、霧子はなにも言わなかった。

「若先生、こたびの田沼意知様、佐野善左衛門様、お二人の死と関わりがございますか」

辰平が質した。

「ないと申せば嘘になろう。とはいえ、騒ぎと直に関わりがあるかといえば、ないともいえる。それがしが変節したと言うしかない」

「と、申されますと」

利次郎が訊いた。

「それがし、時代の流れが大きく変わっていく予兆を感じたのだ。それがしの秘めた考えに同調し、そなたらはこれまで命までをも捧げんとしてくれた。その相手が忽然と姿を消したようでな、もはや敵対する人物ではなくなったといえばよいか」

「老中田沼意次様はわれらの敵ではないと申されますか」

「利次郎どの、徳川家基様、わが養父佐々木玲圓、養母おえい様の死、さらには両派の戦いに傷つき、斃れた幾多の人びと、そのことに思いをいたすたび、初心を貫くのが武士の道と考えておった。だが、こたび、佐野善左衛門様が起こされた刃傷によって、物の見方が変わった、と申せばよかろう。一剣術家が政を云々するのは愚の骨頂かとは思う。それを承知で敢えて申せば、天明の大飢饉は江戸に迫っておる。さような最中、幕府が一刻も早く手を打たねばならぬのは、財政を改革し、物の値段を安定させ、田畑を耕して作物を安心してつくれるようにすることではないか」

　突然の磬音の主張に辰平も利次郎も戸惑いがあった。

「そなたらが福岡藩と関前藩に仕官し、大名家の中にて少しでも世直しに役立つよう努めることも大事かと思い直したのじゃ」

「若先生、われらに剣の道は諦めよと申されますか」

「利次郎どの、剣の道に果てはないと申したはずじゃ。奉公しながら剣の道を究めんとするお方はいくらもおられる。お二方は佐々木玲圓以来、習うてきた剣術を福岡藩と関前藩で指導しながら、自らの稽古は奉公の合間をみて尚武館に通うてこられればよいことじゃ」

「それはそうでございますが」

　利次郎が得心できない様子だった。

「利次郎どの、幾多の戦いをともにしたわれら師弟の仲は、終生変わらぬ」

　磬音の言葉に利次郎が、
　ふうっ
　と思わず息を吐いた。

「若先生、次郎平様はすでにご存じなのですか」

「辰平どの、次郎平様もお杏どのも承知のことです。それがし、先の夜、お杏どのがそなたらとともに今津屋と箱崎屋の両の主を見送っていかれた帰路、話されたかと思うておった。じゃが、最前、二人の顔を見たとき、知らぬのだと気付かされたのじゃ」

「話そう、口にしようと何度も考えましたが、若先生のお許しもなく話してはいけないと胸に秘めました。利次郎様、霧子さん、辰平様、お許しください」

辰平は、磐音が家基、佐々木玲圓、おえいの仇を討つことを放棄したのだと思った。掌中の珠(しょうちゅうのたま)を失った老中田沼意次はもはや尚武館の敵ではないと、磐音は悟ったのだ。

「それがし、若先生の示された道を有難くお受けしとうございます」

辰平が敢然と言い切った。

お杏がにっこりと微笑み、利次郎が霧子を見た。

「利次郎さんの気持ち次第です」

「若先生、祝言はいつのことですか」

「そのことは松平家、重富家、次郎平様と改めて話し合い、取り決めたいと思うが、どうじゃな」

「それで宜しゅうございます」

利次郎がようやく顔を和ませた。

「お三方、もう一つ驚くことがあります」

「お杏さん、驚くこととはなんだな」

「その話はおこんに譲ろう」

利次郎の問いに磐音が応じ、おこんが二組の合同祝言の考えを披露した。

おこんの話を四人は思い思いに長いこと考えていた。真っ先に利次郎が口を開いた。

「小梅村でいっしょの祝言か。われら部屋住みらしい催しじゃな。どうじゃ、霧子」

「皆様と違い、私には親も親戚もございません、身分違いです。若先生とおこん様の心遣い、私には勿体(もったい)ないことです」

「霧子さんには弥助様がおられますよ」

「賑やかになりそうじゃな、辰平」

「利次郎、このご時世、そう賑々(にぎにぎ)しくできるものか」

と辰平が答えて、二組の四人が磐音とおこんの話を受け入れた。

磐音はその日のうちに稲荷小路の松平喜内邸と室町の筑前博多屋豪右衛門方に箱崎屋次郎平を訪ねて事情を説明し、過日の話を進めたいと了解を得ることにした。

松平家ではいくら次男坊の婚礼とはいえ、相手が筑前博多の豪商、その伝手もあって福岡藩黒田家に仕官しての婚礼ともなれば、祝言の時期を秋まで待てないかとの注文が喜内から出た。

もっともな申し出である。

そこで松平家からの帰路、磐音は、室町の旅籠博多屋に逗留中の次郎平と会い、その話を伝えると、

「松平喜内様のお考え、もっともでございますな。ならば、こうしてはいかがにございますか。こたびの私の江戸滞在中には祝言を執り行わずに、近々江戸へ入るうちの帰り船に乗って私どもはいったん博多に戻ります。むろん、お杏は行儀見習いのため小梅村に残します。その上で秋に博多から新たに商い船を仕立てて、改めて私どもが江戸に出て参ります。その折りに、辰平様とお杏、利次郎様と霧子さんの二組の祝言を挙げてはいかがでございましょう」

との提案があった。そこで磐音は博多屋から松平家に使いを立て、

「その旨、箱崎屋次郎平どのが了解した」

ことを伝えさせた。あとは土佐高知藩江戸上屋敷内にある御長屋を訪ね、重富家の了解を得るのみだ。

博多屋からの帰路、磐音は今津屋に立ち寄り、秋にも合同祝言を催せそうだと吉右衛門と由蔵らに報告した。吉右衛門は、

「よき思案にございます」

と即座に言い切った。

磐音を店先まで見送った由蔵が、

「大勢は決まったかに思えます。ですが、老中の力は大きゅうございます。秋口に祝言をなされるのは、旦那様のお考えのとおり、私もよきことかと思います。ともかく今は田沼一党の最後の足掻(あが)きに気をつけられることですぞ、若先生」

と注意した。

頷いた磐音の背に、

「お迎えに上がりました」

と霧子の声がした。

「ようこちらに立ち寄ると分かったな」

と言いながら、霧子の心遣いに感謝した。

猪牙舟が神田川から大川に出たとき、霧子が、

「松平定信様がお忍びで小梅村においでにございます」

と迎えに出てきた理由を告げた。

供十数人を連れての小梅村密行だという。

磐音は咄嗟に危険な行動と思ったが、なにも言わなかった。

磐音は、定信の供が緊張の気配で尚武館に待機しているのを確かめた上で、弥助や辰平らに何事か命じて母屋に向かった。

定信と二人だけで磐音は会った。

「定信様、御用ならば使いを立ててくだされば、それがしが屋敷にお訪ねいたしましたものを」

磐音は定信の無謀な行動を遠回しに指摘した。

「いや、師を呼び寄せるなどできようか」

定信は軽やかな口調で応えた。

過日とは顔付きが異なり、晴れやかであった。積年の懸案が解決を見たという、そんな爽やかな表情だった。おそらく田沼意次に、倅の死という禍いを福に転ずる手立てはもはやないとの城中の風向きを受けてのことだろう、と思われた。

だが、磐音は、念を押して注意した。

「かようなご時世、なにが起こっても不思議ではございません」

「老中田沼意次様のことを言われるか」

磐音は否定も肯定もしなかった。ただ黙していた。

「だれぞがな、予に耳打ちなされた。城中でのことじゃ」

「なんと仰せられました」

「田沼様は六十六歳、その田沼老中に全幅の信頼を寄せる上様は四十八歳。ものには順序がござる、とな」

殿様育ちの楽観的な考えが定信を上機嫌にしていたのか、と磐音は危惧した。その定信は二十七歳であった。

「田沼様の権勢は終わったわけではございますまい」

「いかにも終わったわけではない。老中は子息を失ったにも拘らず普段どおりに登城なされておられる。じゃが、淡々と執務部屋に通われる姿こそ、田沼老中が失うた力の大きさの証左ではないかと城中では見ておる」

定信は、

「決着がついた」

と考えたようだ。

「本日、小梅村に参ったは、坂崎先生に頼みがあってな」

「どのようなことにございましょう」

定信は隣室に控えた近習を呼んだ。近習が袱紗包みを載せた三方を捧げ持って定信のかたわらに置き、一礼して下がった。

「研ぎ師鵜飼百助にこの金子届けてくれぬか」

磐音は驚いたが、その感情を面に出さなかった。

「なんぞお間違いではございませぬか。定信様が鵜飼様に頼み事をなされたなど、この坂崎磐音には覚えがございませぬが」

刃傷沙汰の翌日、稽古を名目に定信を小梅村に招いた。だが、この件に関わる話し合いは一切ないという約定ではなかったか。ただ、稽古後に茶を一服喫しただけであったはずだ。

磐音は、そのことを忘れたかのような定信の不用意を、

（危ない）

と感じた。

「いや、そうではない。坂崎先生の深慮と心遣いはこの定信、重々承知しておる。じゃが、用心の上にも用心に越したことはないからのう。水漏れを防ぐにはそれなりの策と道具が要ろう」

「困りましたな」

「坂崎先生、なにも困ることはなかろう」

楽観的な見方が今後松平定信にどのような将来をもたらすか、磐音は怖(おそ)れた。

定信は、おこんの仕度した膳と酒を一刻ほど楽しみ、帰路についた。

おこんが定信を見送り、座敷に戻ってみると、磐音の姿がなかった。おこんは仏間に入り、灯明を灯して、

「南無大師遍照金剛(なむだいしへんじょうこんごう)」

とお題目を唱え始めた。

四

上弦の月が夜空にかかっていた。右半分が輝いてみえる半月だった。弓を引くようなかたちから、

「弓張月」

とも称された。

弦月の下、小梅村から隅田川左岸の河岸道をひたひたと行く松平定信の乗り物を囲んだ十数人の供には緊張があった。だが、乗り物の中の定信は、上機嫌に謡を口遊んでいた。

流れを挟んだ川向こうは金龍山浅草寺の広大な境内だ。そして、浅草寺の右手奥に、いつもなら煌々と灯りを灯した華の吉原が夜空を焦がしているはずだった。

だが、万灯の灯りは若年寄田沼意知の死に遠慮していつもより暗く落とされていた。

不意に川の流れに櫓の音が響いた。

水戸中納言家の抱え屋敷に差しかかる手前のことだ。

提灯持ちの若侍が思わず流れに灯りを突き出した。すると三隻の船が船足も落とさず岸辺に舳先を乗り上げ、黒装束に身を包んだ一団が次々に土手に飛び移ってきた。

「な、何奴か」

提灯持ちの狼狽の声にも無言で抜刀した一群は、定信の供の数の三倍はいた。

中には槍を小脇に抱えている者もいる。

乗り物のかたわらに同行していた近習頭の猪熊小四郎は抜刀し、

「陸尺、急ぎ水戸家の抱え屋敷まで突っ走れ」

と命じ、さらに、

「殿の乗り物の左右を固めるのだ」

と下知した。

小四郎は主の日頃の言動から老中田沼意次が放った刺客団と察していた。ともかくこの場を逃れる、そのことだけを念頭に置いた。

定信の謡が止んだ。

「何事か、小四郎」

「不逞の輩に襲われましてございます」

「駕籠を止めよ。予が成敗してくれん」

と定信の声が命じた。

「殿、われらの三倍もの数を揃えた襲撃者にございます」

猪熊小四郎は陸尺を叱咤して、われら家臣の命を擲って（なげう）ても水戸家抱え屋敷へ辿り着こうと考えた。

だが、相手はそれも考えに入れていて、襲撃者の一部は土手を走って定信一行を追い抜き、先回りして立ち塞がった。

前後を塞がれた定信一行は、止まらざるを得なかった。

沈黙が河岸道を支配した。

初夏にしては冷たい風が川面から吹き寄せてきた。

黒衣の一団が無言のまま襲いかかってきた。

猪熊小四郎は死を覚悟した。

「各々方（おのおのがた）、なんとしても殿をお守りいたすのじゃ」

小四郎は乗り物を背にした。

刃と刃が打ち合わされ、火花が散り、

うっ

と、早くも呻く声がした。

相手は多勢にして戦仕度（いくさ）を整えていた。さらに包囲の輪が狭まった。

「小四郎、予の刀を持て」

定信の声がした。

だが、もはや小四郎にもほかの供にもその命に応える余裕はなかった。小四郎ら一人ひとりが襲撃者三人を相手に戦わざるを得なかった。数の力が相手に余裕を呼び、無言裡に刃を振るい、一人ふたりと定信の供は倒されていった。

定信は乗り物の中で、

（油断であったか）

と後悔していた。

（田沼め、佐野善左衛門の背後に、予が、譜代の大名方がいたことに気付きおったか）

「刀はどこじゃ。予が斬り捨ててくれん」

と叫ぶ定信の声に応えたのは、斬られた家臣たちの呻き声だった。

悲惨な戦いを上弦の月が無情にも照らしだしていた。

そのときだ。

河岸道を走り寄ってくる一団があった。

（すわ新手が加わったか）

小四郎は諦めを感じた。だが、ちらりと認めた人影は、黒衣の集団とは異なっていた。直心影流尚武館坂崎道場の面々が助勢に駆けつけたか。

「小梅村も御府内にござる。江都を騒がす狼藉は許さぬ」

坂崎磐音の大音声が響きわたった。

磐音を先頭にした一団には、槍折れを携えた松平辰平、重富利次郎、田丸輝信、神原辰之助ら住み込み門弟七人がいて、さらには槍折れの師匠の小田平助、身軽ないでたちの弥助と白山を従えた霧子も加わっていた。

十一人と犬一匹が、定信一行を追い詰めていた無言の集団の背後から襲いかかった。

槍折れの先陣は辰平と利次郎だった。その後ろに田丸輝信らが従い、

びゅんびゅん

と鳴り響く音とともに槍折れが刺客団の陣形を一気に切り崩した。

ために襲撃者らの力が分散し、攻撃が途絶えた。

赤樫の槍折れは長く重く、刀を叩き折るほどの威力があった。

定信の乗り物の左右から、槍を構えた二人がまさに扉越しに穂先を突っ込もうとしていた。

「待たれよ」

磐音と小田平助は、乱れた陣形の間から乗り物の左右へと走り寄った。

木刀を手にした磐音が穂先に立ち塞がり、反対の扉側では穂先が突っ込まれるところに平助の槍折れが振り下ろされ、ガツン、という音を立てて柄を叩き折った。槍折れの異名どおりの一撃だった。穂先が乗り物の前に転がった。

「若先生」

近習頭の猪熊小四郎が安堵の声を洩らした。

「気を抜いてはならぬ」

「はっ」

一瞬の隙を突かれた刺客団は沈黙の裡に態勢を立て直した。

もう一人、槍を手にした刺客が構え直して扱き、磐音の胸へと突き出した。渾身の力を込めた一突きだ。

小四郎はひやりとした。

そのとき、磐音の木刀がそよりと動いて、突き出された穂先をふわりと弾き、次の構えに入ろうとした相手の肩口を叩き据えていた。

うっ
と呻き声を上げた相手がその場に転がった。

「狙いは定信ひとりぞ」

刺客団の頭分が叫び、鼓舞した。

その頭分に向かって弥助が礫を三発ほど次々に抛った。その一発が額に、もう一発が鼻柱に当たって、戦意を喪失させた。

霧子は戦いの場から傷ついた松平家の家臣たちを、一人ずつ引きずって河原に下ろし、避難させた。

三隻の船には船頭が待機していた。霧子は船頭に向かい、

「二隻を残して去りなされ」

と命じた。船を、怪我をした定信の家臣たちの避難場所にと考えたのだ。

「女だな」

屋敷奉公を示すお仕着せを着た船頭の一人が霧子に言った。

その瞬間、霧子のかたわらから白山が飛び出し、その船頭に吠えかかった。

「わああっ！」

と叫んだ船頭が腰を落とした。

「言うとおりになされ」

霧子の命に二人の船頭が一隻の船に乗り移り、流れへと漕ぎ出した。そこへ弥

助が新たな怪我人を連れてきた。

小田平助は相手の槍を叩き折ると、槍折れの先端で相手の鳩尾を突き上げて失神させ、さらに押し寄せる襲撃者に縦横無尽の技で応戦した。

磐音は、三人の刺客を相手にしていた。

刺客らは磐音が何者か承知とみえて、三人がかりで戦いを仕掛けてきた。

磐音は、相手の意図を知ると自ら間合いに踏み込み、三人が押し包んで刀を振るおうとする前で木刀を躍らせた。

次の瞬間、ばたばたばたと三人が河岸道に倒れていた。

居眠り剣法面目躍如の動きだった。

襲撃者も、助勢に駆けつけた磐音らも名乗らない。ただ白河藩主松平定信一行を襲う一団と、守ろうとする一統がひたすら戦い続けていた。

刺客団は、執拗だった。それでも磐音らが一人またひとりと倒していくために、ついには攻める側護る側の人数がほぼ同数になり、四半刻後には形勢が逆転した。

「船の船頭が逃げましたぞ」

松平家の怪我人を収容し終えた弥助の声が、戦いの場に響いた。

その声に襲撃者たちはかろうじて持ち続けていた戦意を喪失し、

「退却じゃ！」

との頭分の声で水戸藩抱え屋敷の方角に逃げ出した。

磐音らは松平家の怪我人を一隻の船に収容し、定信を乗り物ごともう一隻の船に乗せた。

怪我人は弥助と霧子が応急手当てをしていた。

「若先生、命に別状のあるお方はおりません。ですが、すぐにも医師の治療を受けたほうがようございます」

弥助の言葉に近習頭の猪熊小四郎が、

「屋敷に運びとうござる」

と願った。陸奥白河藩としては事態を外に知られたくはなかった。それに北八丁堀の屋敷に戻れば医師がいた。

「辰平どの、そなた方は二隻の船に分乗し、お送りしなされ」

「承知いたしました」

辰平ら七人の門弟と霧子が二隻に分乗し、辰平と神原辰之助、利次郎と霧子が船頭方を務めて棹を握った。

「坂崎先生」

乗り物の中から定信の声がした。

「お怪我はございませぬな」

「予が愚かであった」

「なにも仰せられますな。ただ今は、お屋敷に怪我人を運ぶことが先にございます」

「また会うてくれるな」

「稽古においでくだされ、われら師弟の契りを結んだ仲にございます」

磐音の言葉を最後に二隻の船が流れに出た。

磐音、弥助、そして小田平助が戦いの場に残った。

襲撃者の何人かが河岸道に転がっていた。しばらくすれば意識を取り戻すことは分かっていた。

磐音らは、遠ざかる船影を見送り、

「白山、戻ろうか」

と弥助が声をかけて尚武館坂崎道場へと戻っていった。

いつしか季節は春から夏へと移っていた。

出羽国山形の地に晩い「春」が訪れていた。

奈緒は密かに、三人の子を連れて、前田家の菩提寺で内蔵助の墓参りをした。一周忌までこの地に暮らすことはもはや無理と分かり、江戸に出る決意で隠れ処を出てきたところだった。

奈緒を脅す金貸しが隠れ処にも姿を見せるようになっていたからだ。隠れ処が金貸しに見付かった以上、女衒の一八が現れるのをいつまでも待つわけにはいかなくなった。助勢をしてもらいたいとの願いを認めた書状を一八に送ったが、その返信も未だなかった。

天明の大飢饉が出羽にも広がり、生きるために娘をわずかな金で手放す家が増えていた。

吉原と関わりの深い一八にとって、

「稼ぎどき」

だった。

その昔、吉原で一世を風靡した白鶴太夫とはいえ、一八ももはや一文の金にもならぬ奈緒に関わっている場合ではなかろう。

だが、ほかに頼る人とていない奈緒は、江戸の両替商今津屋を通じて坂崎磐音が送ってくれた百両（もはや七十三両に減っていたが）の金子が唯一の拠り所だった。その金子は、今津屋と商いの繋がりがあるという山形城下の両替屋に預けられていた。その金子を受け取るときは、山形を離れる折り、その一度きりにしておきたかった。

ともかくなんとしても三人の子を連れて江戸に無事逃れることを、内蔵助の墓前に許しを乞うとともに、力を貸してくれるよう願った。

「母上」

亀之助が呼んだ。奈緒は子供たちに、

「母上」

と呼ぶように躾けていた。豊後関前の武士だった小林家の出自と矜持を忘れぬためだ。

「どうなされた」

合掌を解いた奈緒が六歳の長男を見た。亀之助は怯えた眼差しで墓所の一角を見ていた。

（ああ、金貸しに見付かってしまったか）

奈緒は墓前から立ち上がり、亀之助の視線の先を見た。

菅笠をかぶった旅人が奈緒に向かって一礼した。

（一八さん）

女衒の一八だった。

「奈緒様、探しましたよ」

奈緒の体から力が抜けた。だが、危険は未だ無くなったわけではない、旅は始まってもいないと気を引き締めた。

陽に焼けた一八が前田家の墓に歩み寄り、菅笠の紐を解くと小脇に挟んで合掌した。

「両替屋に立ち寄り、奈緒様の隠れ処を聞いて訪ねたのですが、ひと足違いで、姿を消されていました。あれこれ思案して前田家の菩提寺が分かりましたので、こちらにお訪ねしました。会うことができてようございました」

一八が前田家の菩提寺に姿を見せた経緯を語った。

泣きそうになる己を励まして奈緒は近況を話した。話を聞き終えた一八が、

「もう大丈夫でございますよ。奈緒様を、山形くんだりの金貸しやくざの言いなりにさせてたまるものですか。ですが、こいつはひと思案が要りますぜ」

「一八さん、私どもにお力添えを願えますか」

「そのために山形に戻って来たのです。ほれ、これまでおられた隠れ処に、坂崎磐音様から書状が届いておりましたよ。飛脚屋が奈緒様の行方を探しあぐねて江戸に送り返すと言うのをね、わっしが奈緒様の兄様だと偽って預かってきたものですよ」

一八が磐音の書状を懐から抜いて差し出した。

(坂崎磐音様)

心の中で呟いて書状を押し戴いた奈緒に、

「この墓の前にいつまでもいるのは危のうございます。一先ずわっしの知り合いの家に参りましょう」

と一八は言い、次男の鶴次郎の手をとった。

この日、小梅村で朝稽古が終わった刻限、磐音が尚武館を出ると霧子が立っていた。

「なんぞあったか」

「若先生にお尋ねします。師匠に用事を申し付けられましたか」

「いや、なんの用事も願うておらぬが」

弥助と霧子は、尚武館の密偵の役目を果たしてきた。ために住み込み門弟とは異なり、己独自の判断で行動することがあった。昨日から顔を見ていないことを磐音は承知していたが、騒ぎの後始末を川向こうで探索しているのかと考えていた。

「霧子、なんぞ弥助どのに異変を感じておるのか」

「はっきりとはなにも」

「霧子が気にかけていることを話してみぬか」

磐音の言葉に霧子は迷っていた。

「こたびの刃傷沙汰に関わることならば、それがしも知っておきたい」

ようやく首肯した霧子が話し出した。

「佐野様が刃傷騒ぎを起こされた夜、私が師匠の長屋を訪ねようと戸口に立ちますと、忍び泣いておられたか、肩を震わせておられました。その掌には広げた懐紙がございまして、髪と思えるものが見えました」

「なんと」

「私、わずかに開いた障子戸越しに見てしまったのです。そのような光景は、これまで見たことがございません」

磐音の脳裏に刃傷騒動前後の弥助の行動が走馬灯のように駆け巡り、止まった。

「霧子はなんぞ思い当たることがあるか」

「あの日、城中で起こった出来事と関わりがあるのではないかと思われます」

「だれぞの遺髪か」

「はい」

「弥助どのは幕府の密偵、影の御用を務めておられた。ゆえに城中で昔仲間と遭遇したことも考えられる」

そう口にし、磐音は思い当たった。

弥助が速水左近の供として城中に潜入したのは、佐野善左衛門の行動を見定めるためであった。その弥助に磐音は一つの秘命を願っていた。

万が一、佐野善左衛門が松平定信から借り受けた刀で田沼意次を襲うようなことがあれば、刃傷に及んだ刀を始末してほしいとの願いだった。

粟田口一竿子忠綱の出処を探られれば、松平定信が佐野善左衛門に貸し与えた一剣と、必ず突きとめられると思ったからだ。

事が起こり、若年寄田沼意知を斬った粟田口一竿子忠綱を、弥助は小梅村まで持ち帰ってきた。代わりに刃傷の場に残してきた刀は、佐野家の持ち物の刀だという。

　磐音が、

「刀に血糊はありますまい」

　と尋ねたとき、弥助は、

「ございます」

　と応えたのだった。

　なんと、昔仲間を殺めた血糊であったか。

「遺髪を持ってどこぞに出かけられたのだな」

「はい」

　師匠であり、親同然の弥助を心配するあまり、霧子は弥助の長屋を調べた様子があった。

「弥助どのにも霧子にも無理を強いたな。すべてはそれがしの咎じゃ、許してくれ」

　磐音は霧子に頭を下げた。

「若先生、そのようなことは申しておりません」

　狼狽する霧子に頷き返した磐音は、

「弥助どのはいつものように必ず小梅村に戻ってこられる。この地がわれら一家の寄辺(よるべ)じゃからな」

「はい」

磐音は、尚武館の上の空を見た。

何事もなかったかのように、夏の空が穏やかに広がっていた。

磐音は空を見上げたまま、

(人の命を絶つことではのうて、活かす道を考えよ)

との玲圓の言葉を胸の中でかみしめていた。

参考資料

大石慎三郎『田沼意次の時代』岩波現代文庫、二〇〇一年
藤田覚『田沼意次　御不審を蒙ること、身に覚えなし』ミネルヴァ書房、二〇〇七年
後藤一朗『田沼意次　ゆがめられた経世の政治家』大石慎三郎監修、清水書院、一九七一年

本書は『居眠り磐音　江戸双紙　弓張ノ月』（二〇一四年七月　双葉文庫刊）に
著者が加筆修正した「決定版」です。

編集協力　澤島優子
地図制作　木村弥世

文春文庫

弓張ノ月（ゆみはりのつき）
居眠り磐音（いねむりいわね）（四十六）決定版（けっていばん）

定価はカバーに表示してあります

2021年1月10日　第1刷

著者　佐伯泰英（さえきやすひで）
発行者　花田朋子
発行所　株式会社 文藝春秋

東京都千代田区紀尾井町3-23　〒102-8008
TEL　03・3265・1211㈹
文藝春秋ホームページ　http://www.bunshun.co.jp

落丁、乱丁本は、お手数ですが小社製作部宛お送り下さい。送料小社負担でお取替致します。

印刷製本・凸版印刷

Printed in Japan
ISBN978-4-16-791630-5

文春文庫　最新刊